中华魂
ZHONGHUA HUN

百部爱国故事丛书

荣辱不移革命志
——创建陕北红军的刘志丹

魏　斌　编著

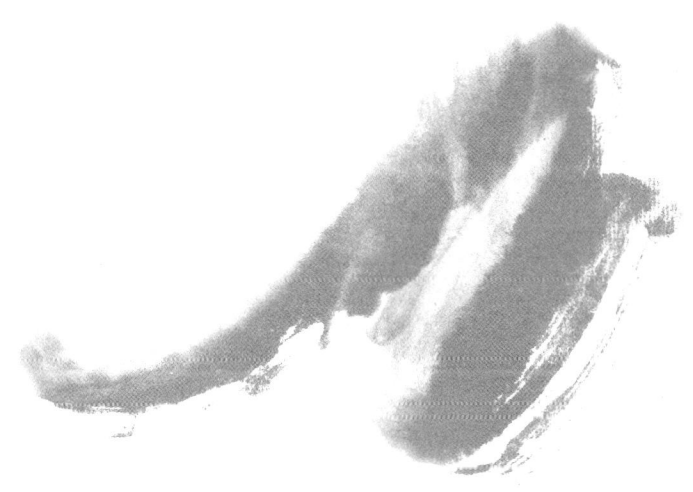

吉林人民出版社

图书在版编目（CIP）数据

荣辱不移革命志：创建陕北红军的刘志丹 / 魏斌编著 . -- 长春：吉林人民出版社，2011.3（2021.8 重印）
（中华魂·百部爱国故事丛书）
ISBN 978-7-206-07509-4

Ⅰ.①荣… Ⅱ.①魏… Ⅲ.①革命故事—中国—当代 Ⅳ.①I247.8

中国版本图书馆 CIP 数据核字 (2011) 第 032571 号

荣辱不移革命志
——创建陕北红军的刘志丹

RONGRU BUYI GEMING ZHI
——CHUANGJIAN SHANBEI HONGJUN DE LIU ZHIDAN

编　　著：魏　斌
责任编辑：刘子莹　　　封面设计：孙浩瀚
制　　作：吉林人民出版社图文设计印务中心
吉林人民出版社出版 发行（长春市人民大街7548号 邮政编码：130022）
印　　刷：北京一鑫印务有限责任公司
开　本：787mm×1092mm　　1/16
印　张：8　　　　字　数：64千字
标准书号：ISBN 978-7-206-07509-4
版　次：2011年3月第1版　　印　次：2021年8月第2次印刷
定　价：35.00元

如发现印装质量问题，影响阅读，请与出版社联系调换。

总　序

《中华魂》是一套故事丛书。它汇集了我国自鸦片战争以来一百八十余年间的近百位民族英雄、仁人志士、革命领袖、先进模范人物的生动感人事迹，表现了他们作为中华儿女的伟大的爱国主义精神。

爱国主义是人们对于"生于斯、长于斯、衣食于斯"的祖国的一种神圣感情，是人们对于自己民族的一种强烈的责任感和使命感，是感召和激励整个中华民族的一面永不褪色的旗帜。在一百多年的中国近现代史上，爱国主义一直激励着中华儿女为祖国的独立、统一、进步和繁荣而英勇奋斗。从"苟利国家生死以，岂因祸福避趋之"的林则徐，到"我自横刀向天笑，去留肝

◆ 中华魂·百部爱国故事丛书

胆两昆仑"的谭嗣同;从"铁肩担道义,妙手著文章"的李大钊,到"青春换得江山壮,碧血染将天地红"的赵一曼;从"县委书记的好榜样"的焦裕禄,到"问鼎长天,扬我国威"的邓稼先……都表现出了强烈的爱国主义精神。正是由于热爱祖国的人们前仆后继地奋斗,国家和民族才得以生存,才能够在一次次历史危急关头转危为安,走向兴盛和富强,从而屹立于世界民族之林。爱国主义是鼓舞中华儿女历经忧患、跨越沧桑、百折不挠、自强不息的伟大力量,它贯穿于中华民族的整个历史,并有力地凝聚着五洲四海的中国人。

爱国主义是一个历史的范畴,在社会发展的不同阶段、不同时期有不同的具体内容。革命时期,需要我们为祖国的独立自主出生入死;建设时期,需要我们为祖国的繁荣富强增砖添瓦。在全国各族人民团结一心,开启全面建设

总序

社会主义现代化国家新征程的今天,我们要争做一名新时期的爱国者。新时期的爱国者要有强烈的民族自尊心、自豪感。民族自尊心、自豪感是任何时期、任何爱国者都必须具备的情感。民族自尊心能增强我们自立向上的恒心,民族自豪感能树立我们建设祖国的信心。要树立"祖国高于一切"的崇高信念,为了祖国和人民的利益不惜抛却个人的利益,甚至不惜牺牲个人的生命。我们要树立终身学习的理念,拓宽自己的知识面,广泛吸收新知识、新技术,完善自身的知识结构,更新学习知识的方法与理念,从思想上、知识上充分武装自己,为祖国的繁荣昌盛贡献力量。

爱国主义思想的继承和发扬,是关系到民族盛衰、国家兴亡的根本问题。爱国主义思想情操的形成,需要不断地培养。培养爱国主义精神的一个重要途径是向英雄人物和典范事迹

◆ 中华魂·百部爱国故事丛书

学习和致敬。这套丛书的出版,对于青少年向英雄和先进人物学习,特别是对于在中小学生中进行爱国主义教育是不可多得的生动的教材。祝愿此书出版发行成功,为培养时代新人做出贡献。

胡维革

中华魂 百部爱国故事丛书

编 委 会

策　划：胡维革　吴铁光
　　　　　林　巍　冯子龙
主　编：胡维革　邢万生
副主编：贾淑文　杨九屺
编　委：（按姓氏笔画为序）
　　　　于二辉　刘士琳
　　　　刘文辉　孙建军
　　　　李艳萍　吴兰萍
　　　　谷艳秋　隋　军

半夜来叫门,
　问你哪部分?
只要说是老刘的人,
　赶快请进门。

端上大红枣,
　抱来大西瓜,
老刘喜欢吃荞面,
　赶快压饸饹。

老刘爱穷人,
　穷人对他亲,
盘腿坐炕上,
　就像一家人。

　　这可是原汁原味的陕北民谣,虽然已经过去七十多年了,陕北老百姓说起"刘志丹"来,还是觉得那么亲。

目 录

生平简介　　/ 001

不朽传奇　　/ 005

战斗故事　　/ 080

大事年表　　/ 095

中华魂 百部爱国故事丛书
ZHONGHUA HUN

生 平 简 介

刘志丹，名景桂，字子丹、志丹。1903年10月4日生于陕北保安县（今志丹县）一个秀才之家。1921年考入陕北联合县立榆林中学，曾任学生会主席，组织和领导学生运动。1924年冬加入中国社会主义青年团。1925年春转为中国共产党党员。同年冬，受党指派入黄埔军校第四期学习。1926年秋毕业后参加北伐战争。

刘志丹

1927年大革命失败后，他从事中共陕西省委秘密交通工作。1928年初率一批干部到豫陕边界地区开展农民运动，培养赤卫队骨干。同年4月参与领导渭华起义，任西北工农革命军军事委员会主席。起义失败后，于1929年春返回陕北，任中共陕北特委军委书记，奉命打入陕北、陕甘边一些军阀部队和民团，开展兵运工作，组织革命武装力量，曾先后任营长、团长、旅长等职。

1931年10月，刘志丹和谢子长等组建西北反帝同盟军，后改编为中国工农红军陕甘游击队，任副总指挥、总指挥，学习井冈山斗争的经验，开辟以照金、南梁为中心的陕甘边苏区。1933年9月任陕甘边红军临时指挥部副总指挥兼参谋长。11月后历任红26军42师参谋长、师长，率部北上庆阳、合水，与地方武装相互配合，开展游击战争。1934年2月至4月，刘志丹指挥部队九战九捷，以劣势兵力取得了西华池等战斗的胜利，挫败了国民党军对陕甘边苏区的第一次"围剿"，建立了陕甘边工农民主政府，进一步巩固和发展了革命根据地。同年5月任中共陕甘边军事委员会主席，后兼任军政干部学校校长，编写了《军事教育大纲》、《政治工作训令》等教材。

1935年2月，刘志丹任西北革命军事委员会主席。

5月，红26军、27军会合后组成西北革命军事委员会前敌总指挥部，刘志丹任总指挥，率红26军、27军主力，采取围点打援、出敌不意、各个击破的办法，经两个多月的机动作战，攻克延长、延川、安定、安塞、保安、靖边6座县城，歼灭大量敌军，粉碎了国民党军对陕甘边苏区的第二次"围剿"。8月，在陕北、陕甘边苏区第三次反"围剿"中，刘志丹指挥红军主力，歼灭国民党晋军1个团，迫使晋军主力撤回黄河东岸。三次反"围剿"斗争胜利后，陕北、陕甘边两块苏区连成一片，并且成为中共中央和各路北上抗日红军长征之后的落脚点。9月，红26军、27军与长征到达陕北的红25军会师，组成红15军团，刘志丹任副军团长兼参谋长。10月参与指挥劳山战役。

中共中央到达陕北后，刘志丹历任西北革命军事委员会后方办事处副主任、红军北路军总指挥兼第28军军长、中共中央所在地瓦窑堡警备司令等职。

1936年3月，刘志丹率红28军参加东征战役，在晋西北连克敌军。4月14日在山西中阳县三交镇战斗中英勇牺牲，时年33岁。为纪念他，中共中央和陕甘宁边区政府决定将保安县改名为志丹县。

2009年9月10日，在中央宣传部、中央组织部、中央统战部、中央文献研究室、中央党史研究室、民政部、人力资源与社会保障部、全国总工会、共青团中央、全国妇联、解放军总政治部等11个部门联合组织的"100位为新中国成立作出突出贡献的英雄模范人物和100位新中国成立以来感动中国人物"评选活动中，刘志丹被评为"100位为新中国成立做出突出贡献的英雄模范人物"。

刘志丹是杰出的无产阶级革命家、军事家，西北红军和西北革命根据地的主要创始人之一。他一生热爱党、热爱祖国、热爱人民，追求真理，英勇善战，百折不挠，艰苦奋斗，忠心赤胆，为创建红军和革命根据地，为中国人民的解放事业建立了不可磨灭的功勋，被毛泽东同志誉为"群众领袖，民族英雄"。

不朽传奇

人小志大　学生领袖

　　追求真理，救国救民，是刘志丹一生的夙愿。刘志丹的祖父刘世杰是清朝贡生，教过私塾，父亲刘培基也是清朝秀才。刘志丹6岁时，祖父开始教他念书识字，背诵四书五经。辛亥革命后，刘志丹在家乡就读高小，他不仅熟读古书，还从老师那里接受了早期民主思想的熏陶。陕北广袤的黄土地尽管贫瘠，但不乏勤劳、朴实、正义、反抗的人文富矿，无论是"三国"、"水浒"中的英雄，还是李自成农民起义的壮举，无不对刘志丹年幼的心灵产生强烈的冲击，成为他优秀品格的源泉。特别是五四运动后，他在新文化、新思想的影响下，崇尚科学民主，反对封建压迫。改变不平等的黑暗社会，成为他内心的呼唤。

　　1922年，刘志丹跋涉五百多里来到榆林，考入陕北联合县立榆林中学。当时，偌大的陕北23县仅有榆林一所中学，算是陕北的最高学府了。校长杜斌丞是著名爱国民主人士，为了振兴教育事业，力主改革校政，设法延聘名师。魏野畴、李子洲、呼延震东等进

如今的榆林中学

步教师陆续来校任教后，积极传播新文化、新思想，榆林中学的民主、改革的思想逐渐变得活跃起来。刘志丹在魏野畴、李子洲等共产党员的熏陶和影响下，如饥似渴地阅读《向导》、《新青年》等进步书刊。李大钊等革命先驱的马克思主义观和对未来世界的憧憬，在他的内心打开了一扇崭新的窗口。

1923年后，刘志丹当选为学生自治会会长，在陕北学生运动中，显示出卓越的组织才能。刘志丹组织学生会推销革命书刊，成立组织社会科学研究会、文学研究会、时事研究会、剧社、画社等进步学生团体，还举办了平民小学，同陕北军阀井岳秀操纵的封建迷信组织进行斗争，并胜利地领导了榆林中学学生反对

刘志丹

旧势力的一次罢课风潮。旅京陕西学生进步组织——共进社——发展到榆林后,刘志丹随即加入并成为骨干成员。他积极参加各项政治活动,带头演话剧和为刊物撰稿,表现十分活跃。1924年秋,刘志丹成为榆林中学第一批社会主义青年团团员。1925年3月,刘志丹任共产主义青年团榆林支部书记。同年,刘志丹转为中国共产党党员。五卅惨案的消息传到陕北后,刘志丹马上组织学生上街游行示威,不仅为受难的同胞募捐,还声讨帝国主义和封建军阀的罪行,号召抵制日货。轰轰烈烈的反帝反封建活动唤醒了广大民众的爱国热情,在闭塞的陕北高原播下了革命的种子。

1925年7月,刘志丹被选为陕北学生联合会代表,赴三原参加陕西省学生联合会代表会议和共进社第二届代表大会。因交通不便,旅途延误,到三原时学代

会已经结束，只赶上参加共进社的会议，被选为该会第一审查委员会委员。他在会上做了关于榆林地区共进社活动情况的发言，并满怀激情地为大会题词："共进！共进！同志引着被压迫民族向帝国主义者进攻！不惜牺牲，杀开血路！前途自有光明与幸福！"表现了高昂奔放的革命热情，充满了对未来前途的信心。

投笔从戎　参加北伐

1925年秋，正值国共合作的高潮时期，刘志丹受党组织选派去黄埔陆军军官学校学习。这时，他中学尚未毕业，校方不准退学，家里也希望他毕业后再去。

五卅惨案碑

但刘志丹认为"虽有文事，必有武备"，他的心早已奔向革命中心——广州，便说服家庭，冲破校方的阻拦，毅然离开榆林中学，绕道山西，经京、津乘船南下，于年末到达广州。1926年初，刘志丹如愿考入黄埔军校第四期步兵科第1团第2连学习，不久转入炮兵科。黄埔军校是孙中山在苏联帮助下和中国共产党合作创办的一所革命军事学校，充满着反帝反封建革命救国的热烈气氛。历史的机遇，党组织的知人善任，加之本人的优秀条件，使刘志丹在当时全国最高军事学府里，得到良好的军事、政治教育，受到系统的军事培训，学到正规的军事训练技能，从而打下了牢固的军事理论基础，提高了文武兼备的素质。同时，由于当

黄埔军校旧址

广州农民运动讲习所

时广州处于大革命的最前沿,中国共产党在广州开办农民运动讲习所,举行各种活动。刘志丹积极参加,广泛交友,深受党的革命思想教育和党内一些领袖人物与知名人士的影响。这种影响是广泛而深刻的,甚至是受用终生的。黄埔军校是刘志丹军事生涯的第一座里程碑,不仅起点高,还过得硬。

1926年7月9日,刘志丹带病参加了北伐誓师大会。也是在这个时期,冯玉祥带领国民军联军在绥远五原誓师参加国民革命,并要求中国共产党选派干部到其部队工作。10月初,刘志丹于黄埔军校毕业,奉命与王尚德、唐澍等军校十多名师生到国民军联军从事军政工作。刘志丹任联军总部政治部组织科长,不久，被派往第四路军马鸿逵部，任党代表兼政治处长。马鸿逵部队里大多是回民，加上这支部队骑兵较多，还有一定的战斗力。刘志丹到任后，首先耐心地用革命道理做马鸿逵工作，使其明白参加革命的军队，就要有革命的行动的道理。另外，在征得马鸿逵的同意后，刘志丹在军、师、团、营逐级建立了政治工作机关，制定了新的军容风纪，开展了新式练兵。回民战士和下级军官大都出身穷苦，进行革命教育后，觉悟迅速提高。这支部队在解围西安、东出潼关、会师中原、策应北伐的战斗中，行动迅速，作战有功，这与刘志丹所做的政治思想工作是分不开的。

1927年春，山西、陕西正处在革命高潮中，直系军阀吴佩孚已经一蹶不振，其部下刘镇华也被赶出了陕西，盘踞在豫西山区一带时常作乱。刘志丹作为国民革命军第二集团军总司令的代表，奉命去收编刘镇华的军队。刘镇华阴险狡猾，既惧怕国民革命军，又对军阀抱有幻想，因此不愿接受改编，但又怕得罪冯玉祥，便企图以重金收买刘志丹，要其在冯玉祥面前替他说好话。刘志丹立场坚定，严词怒斥刘镇华的阴谋，使其狼狈不堪，不得不答应接受改编。

1927年春夏之交，蒋介石向中国共产党举起了屠刀，大革命从胜利走向失败。6月下旬，冯玉祥追随蒋

北伐战争纪念碑和烈士墓

介石反共，在军队和地方进行"清党"，将一批共产党员"礼送出境"。他借"集训"之名，下令将刘志丹等几十名在该部从事政治工作的共产党员扣押于开封，逐个进行"审查"。冯玉祥威逼他们脱离共产党，归顺国民党，否则就要被枪决。刘志丹等人毫不畏惧，断然拒绝了这一无理要求。7月中旬，冯玉祥下令用货车将这批党员押送出境，拟借湖北反动派之手杀害他们。刘志丹等在湖北孝子店车站机警地躲过了反动派的暗算，设法到武汉辗转找到了党组织。

大革命失败的亲身经历，使刘志丹有着切肤之痛，他说："我们没有枪杆子，只靠笔杆子不行。结果人家一翻脸，我们就只有滚蛋。"这是他对大革命失败教训

黄埔军校旧址

冯玉祥墨宝

的深刻反思，也是对党内右倾机会主义严重危害的深刻认识。刘志丹深深地懂得了中国共产党独立掌握军队和领导武装斗争的极端重要性，坚定了创建党独立领导革命武装的决心和意志，为创建党所独立领导的革命武装进行了艰苦卓绝的斗争，经历了艰难曲折的战斗历程。

渭华起义　组建工农革命军

湖北脱险后，刘志丹被组织安排到湖北省委工作。1927年冬，刘志丹离开湖北回陕西后，负责省委交通，往返于上海和豫陕间，进行联络工作。

1927年9月26日，中共陕西省委召开扩大会议，根据中共中央八七会议精神，总结了第一次国内革命战争时期党领导陕西人民进行革命斗争的经验教训，决定实行策略上的转变，并通过了农民斗争和军事运动等九项议案，强调党必须掌握武装力量，组织革命兵变，准备武装起义。

1928年1月上旬，刘志丹、谢子长等陆续被派往实际上由中共组织控制的国民党第八方面军新编第三旅加强领导工作。刘志丹等根据中央和省委指示精神，在该旅驻地洛南二要司和河南卢氏一带，帮助地方党组织开展农民运动，恢复和发展农民协会，建立赤卫队，培训革命武装骨干，开展反对土豪劣绅的斗争，并公审和处决了几个恶霸地主，迅速扩大了革命影响。3月，中共陕西省委决定首先在渭（南）华（县）地区发动起义。与此同时，省委又转发了1927年冬中央致朱德的信，强调革命军队一定要脱离军阀部队，做农民暴动的"副力"；并指示该旅迅速扩大力量，以配合渭华农民起义。刘志丹、唐澍等于5月10日夜率领该旅大部在华县瓜坡镇宣布起义。第二天，刘志丹等率起义部队奔赴高塘镇，与5月1日在渭华原上起义的农民会和，举行了盛况空前的军民联欢大会，公开宣布成立西北工农革命军。刘志丹在大会上发表讲话，通俗地说明了社会上贫富不均的原因，指出，要想不受穷，只有起来闹革命。大会宣布刘

渭华起义纪念馆

志丹任西北工农革命军军事委员会主席。革命军所到之处，大力帮助农民开展反对地主豪绅的斗争，进一步推动了渭华地区革命运动的发展，很短时间内，东起华山，西至临潼，南靠秦岭，北到西（安）潼（关）公路二百多平方公里地区的反动政权基本上被摧毁，打土豪，分财物，建立苏维埃政权的革命运动搞得热火朝天。

渭华起义使国民党当局大为惊恐。因此，从6月上旬开始，冯玉祥部先后向这里发动了三次大规模的军事进攻。由于起义军民团结奋战，头两次进攻均被胜利粉碎。6月19日，宋哲元调集了三个师的兵力，由其亲自指挥，分左、中、右三路向高塘发动第三次围攻。为保存力量，革命军决定向南山撤退。为了阻击敌人，刘志丹率部与数倍于己之敌进行了激烈的战斗。刘志丹镇定自若，一面指挥革命军英勇阻击，一面掩护司令部和伤员迅速撤退，多次击退敌人的进攻，形成对峙局面。革命军在完成阻击任务后，于22日相继撤退到洛南两岔河。但立足未稳，又遭敌人五个旅的进攻，革命军被迫转移到蓝田地区，只剩下不到二百人。7月初，中共陕东特委在蓝田张家坪召开军事会议，刘志丹在总结起义失败原因时，严肃指出了这次起义中政策上一些"左"的错误。会后，刘志丹、谢子长等回省委汇报工作，革命军离陕开赴河南确山地区，途中在邓县全军覆没。

渭华起义虽然失败了，但它是大革命失败后，继南昌起义、湘赣边界秋收起义和广州起义之后，我党在西北地区举行的规模最大的一次武装起义，是刘志

拓展阅读

中国工农红军

中国工农红军是中国土地革命战争时期，中国共产党领导的人民军队。简称"红军"。中国人民解放军的前身。1928年5月25日，中国共产党中央委员会决定，全国各地工农革命军正式定名为红军。1930年后，又逐渐改称中国工农红军。在国共内战时期，中国工农红军不断发展壮大，先后组成了第一方面军（曾经称中央红军）、第四方面军、第二方面军和西北红军等红军部队，建立了中央革命根据地和湘鄂西、鄂豫皖、琼崖、闽浙赣、湘鄂赣、湘赣、左右江、川陕、陕甘、湘鄂川黔等革命根据地，连续粉碎了国民党军多次"围剿"和"清剿"。

丹创建革命军队的起点。渭华起义打击了国民党在陕西的反动势力，扩大和加深了党在群众中的影响，培养和锻炼了一批革命骨干，为刘志丹、谢子长等后来在陕甘边、陕北领导武装斗争，创立革命根据地提供了宝贵的经验教训。

艰苦卓绝的兵运工作

1928年冬天，刘志丹到达陕北特委所在地榆林，担任陕北特委军委书记。当时，特委负责人慑于国民党的白色恐怖，主张只做点宣传工作，不搞武装斗争，甚至提出党组织暂时停止活动。刘志丹和特委其他成员一起，同这种右倾错误进行了坚决的斗争。

1929年春，中共陕北特委在红石峡召开会议，鉴于当时陕甘地区各派军阀正在竭力扩张势力，刘志丹提出"变敌人的武装为革命的武装"的重要思想。这是刘志丹为建立革命军队而提出的大胆创见。据此，会议决定采取以"红色"、"白色"、"灰色"三种形式开展武装斗争，创建革命武装。不久，刘志丹即去保安县从事兵运工作。

所谓"红色"，就是发动组织工农群众，建立党所独立领导和指挥的人民军队。刘志丹认为，人民军队是进行革命战争的骨干，必须走毛泽东开创的井冈山道路，才能使陕甘地区的革命斗争有光明的发展前途。他把分散的、弱小的群众武装逐步集中起来，先建立游击队，后上升为正规红军。这种办法与毛泽东建军路线是一致的。九一八事变发生后，他根据全国抗日救亡的新形势，率部同吴岱峰、阎红彦等部会师，并合编为西北反帝同盟军，后来改编为中国工农红军陕甘游击队。1932年12月，又按照中共临时中央、陕西省委的决定，改编为中国工农红军第26军第2团。这是陕甘地区建立的最早的一支正规红军，是进行武装斗争、开展土地革命和创建革命根据地的骨干力量。但是，由于"左"倾冒险主义的干扰，这支仅组建半年多的弱小红军在南下渭华途中遭到失败。刘志丹认真总结经验教训，批判"左"倾错误，并于1933年11月恢复了红26军，新组建了第42师，使得革命武装又有了新的发展。

所谓"白色"，就是派共产党人到白军中开展兵运工作。这是刘志丹发展革命武装的大胆尝试。根据陕北特委红石峡会议关于派大批党团员打入军阀部队开展兵运工作的精神，刘志丹在保安用主要精力从事兵运活动。当时，保安民团团总路仰之横行乡里，群众

重大转折

在中国革命遭受严重挫折的危急关头，中共中央于1927年8月7日在汉口召开紧急会议，坚决地纠正和结束了党内的右倾机会主义错误，确定了实行土地革命和武装斗争的总方针，改组了党中央的领导机构，使党在政治上有了新的出路，在组织上有了新的生命，为中国革命指明了前进的方向。

八七会议

警钟——九一八

恨之入骨，县长及地方上一些士绅与路也有矛盾。刘志丹等一面分头联络士绅，争取他们赞成改选民团，一面揭露路仰之欺压老百姓的罪行，鼓动广大群众到县长那里告状，要求改选团总。县长迫于人民压力只好答应改选。中共组织又通过社会关系提出刘志丹、曹力如为团总候选人，并巧妙地争取了多数选票，使刘志丹、曹力如当选为正副团总。选举胜利后，路仰之收买了一部分人，企图阻止刘志丹上任。中共组织又及时发动广大团丁进行抗争，结果把路煞费苦心安排的阻止刘志丹上任的示威，变成了欢迎刘志丹上任的仪式，取得了斗争的胜利。刘志丹担任团总后，立即对民团进行整顿，废除打骂，改善生活，加强政治教育，建立党的组织，把一个本来反动的民团，改造成为党掌握的武装力量。刘志丹等还利用亲友等各种关系，先后打入陕甘边界一些军阀军队和民团进行兵运活动。1930年夏，乘陇东民团军总司令谭世麟扩充势力之机，刘志丹等借谭部之名挂名建军，出任谭部骑兵第6营营长。10月1日，在保安县中共永宁山支部的配合下，刘志丹打着骑兵第6营的旗号，进驻合水县太白镇，击毙陇东民团军第24营营长黄毓麟，缴枪五十余支。以此为基础，刘志丹建立了四五十人的革命武装，在安塞、保安、合水一带打土豪分财物。

随后，他多次打入国民党军，以合法身份发展革命武装，多次被捕和被关押。经党组织和南汉宸、杜斌丞等著名人士的营救而获释。刘志丹为了创建革命武装，以非凡胆略，一次次打入军阀部队，出生入死，毫不退缩，表现了一个共产党人不畏艰险、不怕牺牲的英雄本色。

所谓"灰色"，就是派人争取、教育和改造绿林武装，为创建人民军队准备群众基础和武装力量。这是刘志丹发展革命武装的一项成功实践。他认为，陕甘地区有许多绿林武装，其中不少人出身贫苦，侠肝义胆，由于生活所迫，铤而走险，被"逼上梁山"。他们同官僚军阀、地主豪绅之间的矛盾相当尖锐、复杂。

保安革命旧址

红军长征纪念碑

只要有共产党的领导和教育改造，他们就有可能走上革命的道路。

那时候，陕甘交界地区北到定边，南到淳化、耀县的桥山山脉，是个"三不管"的地区，军阀统治比较薄弱，不少土匪搞几杆枪就可占据一座山头，一些因反抗压迫走投无路的农民也常在此聚义，封建社团如哥老会、青洪帮等也在这里占有地盘。刘志丹看清了这个形势，就号召党团员占山头闹革命。他常说，连土匪都可以在这些地方称"山大王",弄得国民党无可奈何,为什么我们共产党人不可在这里闹革命呢?1930年1月,刘志丹到陕甘边界南梁一带活动,启发教育哥老会成员郑德明、朱志清等克服封建思想,维护穷苦百姓利益。

刘志丹在艰苦卓绝的兵运工作中,面对千变万化的复杂形势,出生入死,表现了共产党人大无畏的革命胆略,一向被当做传奇式的英雄人物。他虽屡经挫折却从不气馁,并善于从实践斗争中不断总结经验,终于探索出了创建革命根据地的前进道路,但这条道路并不平坦。

南梁革命纪念馆

南梁革命烈士纪念碑

创建正规红军　开辟照金、南梁根据地

"……刘志丹来是清官,他带队伍上了横山,一心要共产。"

这首民歌唱的是刘志丹在陕甘边桥山一带的南梁革命根据地闹革命的故事,歌词中的"横山",就是横亘在陕甘两省边界的子午岭桥山山脉,当时的老百姓就把桥山叫"横山"。

早在1930年秋天,刘志丹就来到南梁,深入考察这里的经济、政治及群众生活状况,钻树林,爬高山,食野果,饮山泉,踏遍了南梁数百里梢山,研究南梁的地理环境,从平定川、瓦子川到柳沟、麻地台川、井岔沟、荔园堡、南梁堡、东华池……走村串户，访贫问苦。当地的贫苦农民就像见到了久别的亲人一样对待他们。在南梁平定川，有个老杨村，只有几户人家，有一老婆婆和儿媳妇为了招待刘志丹，瞒着他们，连夜摸黑上山，拔回了尚未成熟的荞麦，揉下颗粒，用锅炒干，用擀面杖碾烂，再用细箩过了，为刘志丹做了顿他最爱吃的荞麦面条。当刘志丹得知详情表示歉意时，那位朴实的老妈妈真诚地对刘志丹说："只要闹红成了事，把心摘下来也舍得。"这件事曾经在陕甘宁边区传为佳话。在经过深入的调查研究之后，刘志丹坚定了在南梁一带建立革命根据地的决心。

1931年9月，刘志丹将分散在合水、庆阳山区的三支民间武装，集中到太白倒水湾进行整编，建立了陕甘边地区中共组织独立领导的革命武装——南梁游击队，自己任总指挥。

这支部队建立后，刘志丹总结以往开展兵运工作的经验教训，坚持以南梁为中心，依托桥山山脉开展游击活动，开辟南梁游击区，通过重视对部队干部、战士的教育工作，提高了战斗力，并且多次击溃敌人的进攻。一时间游击队的名声大震，使敌人惶恐不安，人民扬眉吐气，革命斗争形势迅速发展起来。

1931年九一八事变发生。9月22日，中共中央号召和组织了群众性的反帝运动，反抗日本帝国主义的侵略。此时，革命形势发生了新的变化。10月下旬，阎红彦、杨重远等率领的陕北游击支队辗转来到甘肃合水县林锦庙，同刘志丹领导的南梁游击队胜利会合。1932年1月初，两支部队宣布改编为西北反帝同盟军，下辖两个支队，谢子长任总指挥，刘志丹任副总指挥兼第二支队队长。

1932年2月12日，西北反帝同盟军在三嘉原改编为中国工农红军陕甘游击队。

4月21日，刘志丹参与指挥的陕甘游击队攻占了旬邑县城，歼敌三百余人。接着，刘志丹又率三支队从旬邑出发，分兵两路，一路骑兵攻打永寿监军镇，

九一八纪念馆

歼敌二十余人；一路步兵直达礼泉五峰山与骑兵汇合。24日，中共陕西省委书记杜衡巡视陕甘游击队，在旬邑宣布撤销游击队总指挥部，将部队改编为三、五两个支队，刘志丹、阎红彦分别担任三、五支队长。后来，刘志丹率部在永寿、乾县一带活动。4月底，他又率部袭击永寿常宁镇与礼泉南坊、叱干民团，缴枪五十余支。

5月10日，陕甘游击队三、五支队集结于旬邑清水原。为统一指挥，中共陕西省委决定重建陕甘游击队总指挥部，刘志丹任总指挥。这时，敌人部署几个旅的重兵"进剿"陕甘游击队。根据省委指示，游击队立即北上。与此同时，刘志丹主持召开了队委会议，分析了敌情。他认为分驻中部（今黄陵）、宜君、洛川之敌86师256旅511团战斗力较弱，且距榆林、西安

位于陕西省的红军烈士纪念碑

均远，敌人增援不易，这一带又系山区，游击队在群众中有一定影响，利于作战，于是决定向该地区进发。5月15日夜，刘志丹指挥游击队奔袭旬邑马栏镇，一举歼灭国民党86师511团两个连及一个营部和民团一部，缴枪二百余支。17日，一天之内又连歼杨家店子守军511团两个连及焦家坪、五里镇两地民团共五百余人，缴枪四百余支。战斗结束后，游击队在五里镇一带发动群众，打土豪、分粮食、扩大红军，使队伍迅速发展至一千五百余人。20日，游击队继续向敌人进攻，歼灭了白水县及中部县民团百余人。随后，部队在宜川英旺镇歼灭国民党军86师1个营，缴枪三百余支，弹药两万余发。至此，国民党军86师转入守势，中、宜、洛反动民团也不敢轻举妄动。在此次反"围剿"中，刘志丹和他领导的游击队，依靠地方党组织和人民群众的支持，运用游击战术，半月之内，挺进数百里，经过5个县，大小9战，8次获胜，并歼敌一千四百余人，缴枪一千二百余支，粉碎了国民党当局的"进剿"。

6月上旬，刘志丹率游击队自富县东移，在集义镇消灭民团一部，挺进到韩城的上官庄，

红军检阅台

他们发动群众，帮助地方党组织建立了五十余人的赤卫队。原本计划在此开辟根据地，但因遭强敌袭击，伤亡较大，被迫退至甘肃宁县麻了掌。遭遇此次损失后，部队一时思想出现混乱，在行动方向上发生了南下三原和北上陕北的争执。为此，陕甘游击队总指挥部召开会议，统一了部队的行动方向，作出了以桥山山脉为依托，就地开展游击战争，伺机向南发展的决定。同时将三、五支队改编为两个步兵大队和一个骑兵大队，阎红彦任陕甘游击队总指挥，刘志丹任二大队大队长兼政委。

7月下旬，中共陕西省委派常委李艮到陕甘游击队任政委。李艮到后，推行"左"倾错误，不顾敌人准备"围剿"游击队的严重形势和刘志丹、阎红彦等人的坚决反对，在正宁南邑村连续召开了干部会议，空谈创造新苏区和红26军（此时，中央已同意陕西省委建立正规红军的意见，番号为26军），批评刘志丹、阎红彦等所谓的"机会主义领导"，并限定20天内在正宁五顷原完成分配土地和建立政权的任务。

8月中旬，当游击队进行反"围剿"时，李艮又命令部队进攻王郎坡寨子，失利后又命死守五顷原，这样导致了王郎坡、五顷原、三嘉原三战皆败，部队损失很大。刘志丹虽然同这种"左"倾错误进行了坚决斗争，并耐心地进行说服教育。但这些人根本不听，仍令部队进攻敌人设防坚固的城镇，结果连打败仗，使部队遭受极大挫折，被迫退至旬邑马栏附近。

8月底，省委再次派谢子长为陕甘游击队总指挥。9月上旬，国民党陇东绥靖司令部两个团、84师511团、陕西警卫团、陕西省保安第一游击队以及富平、同官、耀县民团分别从东南西北方向合围，企图将陕甘游击队包围在照金消灭。陕甘游击队则由杨柳坪向后山撤退，诱敌深入。当敌人进入照金扑空后，陕甘游击队又回头在坟滩、柿坪等地歼灭民团一部，活捉七名民团头目，缴获长短枪三百余支。照金战斗的胜利大大鼓舞了士气。不久，敌人又集结几个县的兵力联合反扑。为了避敌主力，部队又撤离照金，北上保安。离开照金时，刘志丹将特务队留下，交由兵变失败后回到照金地区进行革命活动的习仲勋领导，就地坚持游击战，开辟根据地。

9月中旬，陕甘游击队进攻保安失利，总指挥部决定分散活动，伺机外敌。其中，刘志丹率七十余人到合水、庆阳一带活动。经过各路部队的努力，部队筹得了一批粮款，取得了一些胜利，又恢复了战斗力。

12月上旬，各路游击队在合水县黑慕原、塔儿原地区会合，随后南下淳化地区开展游击战。同年4月20日中央作出《关于陕甘游击队的工作及创造陕甘边新苏区的决议》，同意陕西省委创建正规红军，规定番号为中国工农红军第26军41师。根据中央的精神，省委指示游击队开往宜君进行整编。

这时，省委常委杜衡来到了部队。杜衡是个文人，不懂军事，受"左"倾思想影响比较重，到部队后，利用改编时机极力进行宗派活动，打击领导干部。

12月20日，杜衡在宜君杨家店召开党、团员大会，宣布省委改编红军陕甘游击队为中国工农红军第26军第2团的决定，杜衡任军政委兼团政委。并对游

谢子长

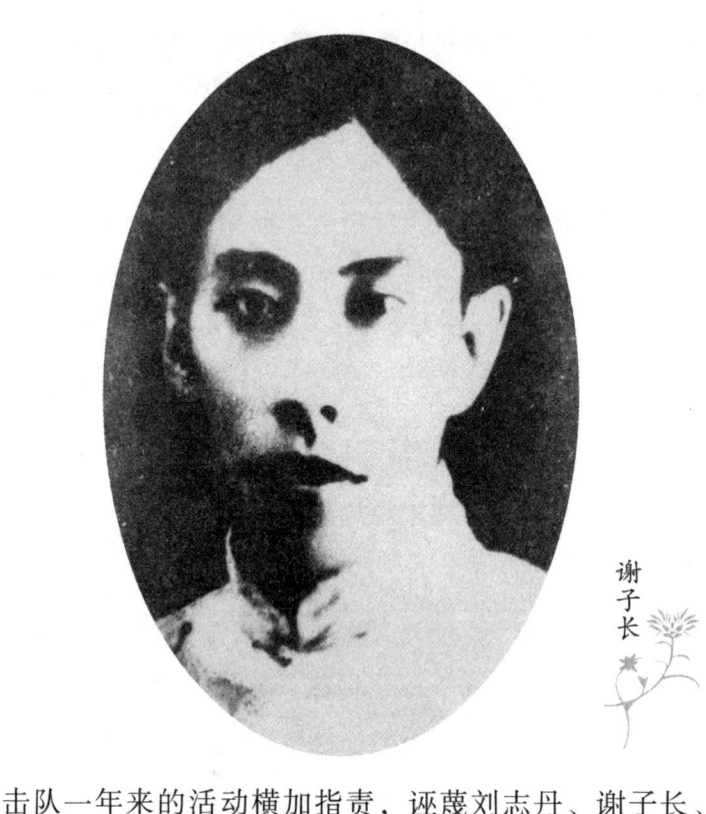

击队一年来的活动横加指责,诬蔑刘志丹、谢子长、阎红彦、杨重远等"有反革命阴谋";攻击他们的正确主张是"游击主义"、"梢山主义"、"土匪路线"、"逃跑主义"、"右倾机会主义";并且蛮横地撤销了谢子长、刘志丹等同志的领导职务,同时欲将刘志丹、谢子长、阎红彦、杨重远开除出部队。由于谢子长、王世泰等广大指战员的强烈反对,另外,杜衡也害怕军心不稳,不好掌握,才勉强将刘志丹、杨重远留在部队。但令谢子长、阎红彦去上海临时中央"受训"。

12月24日，杜衡在宜君转角镇（今属旬邑）召开军人大会，宣布中国工农红军陕甘游击队正式改编为红军第26军第2团，并举行授旗仪式。任命王世泰任团长，郑毅任参谋长，刘志丹任政治处长。为了便于控制部队，杜在改编中规定干部必须从班长和战士中选举产生，由政委任命，原游击队排以上的干部全部被剥夺了被选举权。面对这种无情打击，刘志丹表现出坚强的党性修养。他心地坦荡，顾全大局，毫不计较个人得失，仍积极协助团长王世泰做好工作，帮助起草了《政治工作训令》和纪律条例，并尽一切可能维护部队的团结。遇到战斗，他精心拟定作战计划，并协助团长、参谋长指挥战斗。由于他工作出色，干部战士都亲切地称他为"我们的参谋长"。

由于杜衡一意孤行，一味蛮干，红26军在成立半年多的时间就几乎被搞垮了。

红26军成立后，决定开辟以照金为中心的陕甘边根据地。因为照金位于旬邑、淳化、三原、耀县、宜君5县之边，北连桥山，南接渭北平原，其间山岳连绵，同时，这里曾是陕甘游击队与渭北游击队的老游击区，群众基础好，居民大多是外来灾民，有土地革命的迫切要求；当地虽有几个民团，但人数不多，居住分散，其中庙湾民团夏玉山又和红军游击队有统战

位于会宁的红军长征纪念馆

关系；加上习仲勋、李妙斋等率领的游击队一直在此活动，有一定群众基础，所以便于红军活动。

红2团建立不久，又成立了中共陕甘边特委和陕甘边革命委员会，党政组织均已建立，只要路线政策正确，在这里是大有发展前途的。但杜衡坚持推行"左"倾错误，只知斗争，不搞联合，主张打倒一切。当时白军里有些军官是共产党员或进步分子，和红军干部有秘密联系，送枪支弹药给红军。杜衡竟然骂红军干部勾结军阀，而且不顾刘志丹等人的反对，进攻与红军有统战关系的庙湾夏玉山民团，不但进攻失利，而且使周围民团联合起来反对红军。后来他为防止国民党军队驻守香山寺，又烧了香山寺，惹得几百僧人也成了革命的反对者。在此不利形势下，杜衡命令刘志丹接任团参谋长。在十分困难的条件下，刘志丹于1933年2月上旬，率红2团北上正宁，在三嘉原、湫头一带开展游击活动，并在湫头石炭沟口设伏，全歼王郎坡寨子民团，击毙团头。

3月下旬，红2团转入外线作战，攻克金锁关，消灭民团三十余人。至此，以照金为中心的陕甘边革命根据地已经形成，面积两千多平方公里，建有照金、金盆、韩家山、芋园、香山、七界石、老爷岭、桃渠河等区、乡、村革命委员会，与渭北苏区遥相呼应。

6月17日，红2团完成外线作战任务，返回照金。中共陕甘边特委和红2团领导在北梁召开联席会议，

照金风光

照金风光

讨论边区工作和红2团行动计划。杜衡粗暴地否定了刘志丹等人以桥山山脉中段为依托，发展和巩固陕甘边根据地的正确意见，强令红2团南下创建渭（南）、华（县）、蓝（田）、洛（南）根据地。

6月22日，红2团在三原二台子和渭北游击队汇合。渭北游击队负责人再次提出同刘志丹一致的意见，对红2团南下表示异议。杜衡拒不接受意见，强令部队尽快南渡渭河。

6月25日，刘志丹等率部一日5战，冲破国民党陕西警备第3旅的围追堵截，行军百余里到达蓝田流峪口。

7月中旬，红2团与警3旅及地方民团在蓝田张家坪激战多日，伤亡惨重。刘志丹遂同其他领导人商议，决定丢掉辎重，分路突围，在秦岭山中与敌周旋，找准时机，返回照金。突围各路部队在秦岭山中苦战两月，终因孤军作战，弹尽粮绝，全团覆没。

刘志丹带领十余人虽然冲出重围，但却被围困在深山老林里，靠采集野果充饥。时值盛夏多雨，加之敌人重赏通缉刘志丹，经常派兵搜山，他处境十分困难。挫折动摇不了刘志丹坚定的意志，他亲切地和战士们谈心，鼓舞士气。他说："月亮都有时圆，有时缺呀！革命哪能一帆风顺，一时一地的失败，算得了什么？失败了再干呀！咱们道理正，穷苦人都站在咱们这边！"，"天不能老是阴雨，总有个放晴的时候！"后来他率领大家突围，在通过封锁线时又遭到敌人的袭击，大部分同志壮烈牺牲。刘志丹再次死里逃生，一个人冲了出来，隐蔽在深山里，昼伏夜出。有一次，他不小心从一个险峻的高崖上滑了下去，摔成重伤，又遇着一场暴雨，几乎丧生。但他坚强地战胜种种困难，直到遇见红2团1个战士，扶他下山，和失散的战友会合。后在渭南、华县党组织的帮助下化装成游乡小贩，担着货郎担子，渡过渭河，爬山越岭，奔向陕甘边根据地。一路上虽然历尽艰险，但刘志丹等仍坚持不丢掉武器，他们把货郎担子分做两层，上层放货

中华魂 百部爱国故事丛书
ZHONGHUA HUN

刘志丹穿过的大衣

物，下层放武器，终于在1933年10月4日，带着几支驳壳枪回到了照金根据地。

　　1933年夏，全国革命形势又有了新的发展。由于日本帝国主义侵入华北，全国掀起了轰轰烈烈的抗日救亡运动，察哈尔民众抗日同盟军宣告成立；同时，中央红军胜利粉碎了国民党军对中央苏区的第四次"围剿"；红四方面军又创造了川陕革命根据地；红25军也在陕南创建了鄂、豫、陕根据地。抗日救亡运动和红军的胜利推动了陕甘边革命斗争的发展。在陕西省委领导下，7月21日，杨虎城部骑兵团团长王泰吉（中共早期党员）率部在耀县通电起义，成立西北民众抗日义勇军，先后转入照金，壮大了在艰苦环境中坚持斗争的照金根据地的武装力量。8月14日，中共陕甘边特委在照金陈家坡召开党、政、军联席会议，批

判了分散红军的错误主张，决定成立陕甘边红军临时总指挥部，统一指挥革命武装力量，深入陕甘边地区活动的方针。

10月4日，刘志丹由南山脱险回到照金，即被任命为陕甘边红军临时总指挥部参谋长。刘志丹对"左"

倾机会主义深恶痛绝，他说："这次我们又上了机会主义的大当，又吃了一次大亏！"听到陈家坡会议的情况，他兴奋地说："这就好了！陈家坡会议总算清算了'左'倾错误，回到正确路线上来了。现在需要把部队集中起来，统一领导，统一指挥。我们重新干起来，前途是光明的。"

由于红军集中指挥，并且运用灵活的斗争策略，所以很快就取得了一系列胜利。红军的胜利，使国民党陕西当局十分惊慌，急调4个正规团和三原、耀县、淳化等6个县民团共6 000余人，发起对照金根据地的进攻。红军临时总指挥部分析敌情，认为敌人"进剿"兵力较大，不宜在狭小的根据地内与其周旋，要粉碎

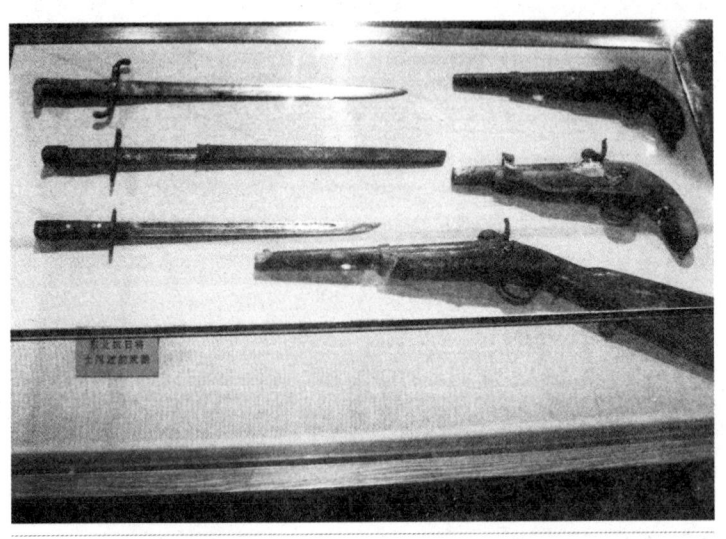

这些都是抵抗日本侵略者的英雄们使用过的武器

进攻，必须转移到外线作战，深入敌后打击敌人。于是决定留下游击队坚持内线斗争，主力红军北上。

10月12日，刘志丹等率红军北上。主力红军北上后，照金苏区陷落。18日，主力红军在游击队的配合下，一举攻克敌人守备薄弱的甘肃合水县城，毙俘二百余人。

10月下旬，刘志丹等率主力红军在庆阳三十里铺消灭了当地民团。接着在合水毛家沟门，击溃国民党军一部，歼敌二百余人。三战三捷，重挫了敌人锐气，大振了红军声威。此后，部队继续在合水、庆阳一带游击，接连获得胜利。

11月上旬，中共陕甘边特委和陕甘边区红军临时

总指挥部，在合水包家寨召开联席会议，根据刘志丹的建议，总结了以往武装斗争的经验，并讨论了部队改编、根据地建设和行动方针等问题，决定撤销陕甘边红军临时总指挥部，恢复中国工农红军第26军，先成立42师，全师人枪五百余，刘志丹任参谋长。会议鉴于红军暂时撤离照金根据地，部队在无后方的情况下，连续作战十分不利，为坚持和发展革命武装，决定开辟以南梁为中心的新的革命根据地。同时建立三路游击区，成立第一、二、三路游击总指挥部，红26军居中策应。

南梁位于陕甘两省交界处庆阳境内，地处桥山山脉中段大梁山麓，方圆百余里，境内山岳起伏，森林

陇东窑洞

茂密，沟壑纵横，地形复杂，便于开展游击战争。同时这一带也是刘志丹、谢子长早期从事兵运活动的地方，群众基础很好。境内之敌多为小股地主武装，战斗力较弱，有着开展游击战争，建立根据地的有利条件。会后，刘志丹和王泰吉为完成建立以南梁为中心的陕甘边根据地的计划，分兵两路积极扫荡反动民团。

11月中旬，红42师挥师南下，在宜君杨家店子歼灭国民党86师511团一个连，击毙连长李文杰。接

南梁纪念馆主题雕塑

南梁全景

着又消灭了荔园堡张廷芝部新兵营六十余人,击毙营长梁邦栋。又在二将川消灭了赵富奎民团。

12月中旬,红3团和骑兵团再次南下,占领正宁南邑后沟,收缴了民团部分枪支。此次行动为建立南梁根据地打下初步基础。随后,部队利用战斗空隙,分兵发动群众,以连为单位,分别到平正川、太白川、白马庙川、二将川一带,打土豪、分粮食,在南梁附近农村相继建立起农会组织,并建立了约一千余人的赤卫队。

1934年1月上旬,红42师返回合水连家硷。因王泰吉请求去豫陕边做兵运工作,师党委决定刘志丹任师长,杨森任政委。2月25日,新的陕甘边区革命委员会成立。红军和根据地的迅速发展,引起了国民党当局的极大震惊。陕甘边革命根据地的中心区域转移到南梁地区后，国民党对陕甘边根据地的"围剿"重点也由南向北转移，多次发动对南梁苏区的进攻。

1934年2月至5月，国民党陕甘当局对以南梁为中心的陕甘边根据地发动了第一次大规模的"围剿"。其部署是：驻守庆阳的仇良民团、王子义团和谭世麟部合围红军和苏区；驻耀县孙友仁的特务团、旬邑的何高侯团、洛川的冯钦哉部一个团、延安张瑞卢团严守驻地，相继堵截转入外线作战的红军主力。刘志丹与红42师党委分析敌情后，制定了以第三路游击总指挥牵制和袭击南线之敌，红42师到外线打击敌人的战略方针。2月，红军主力从耀县出发，相继攻打了瑶曲，宜君石板、五里镇、中部店头等地。3月上、中旬，刘志丹采用声东击西战术，袭击了保安蔺家砭，消灭敌军一个营。接着奔袭庆阳元城、高桥、赵梁子的国民党军与民团。4月2日，在合水西华池抓住有利战机，全歼"围剿"的主力王子义团两个营及一个机炮连，歼敌七百余人。西华池战斗后，红42师南下支援第三路游击总指挥部，先后取得了三里原、和尚原、瓦子川战斗的胜利，迫使窜入南梁的仇良民团和谭世麟部狼狈退出，根据地军民取得了第一次反"围剿"斗争的胜利。

从1933年冬到1935年春，在刘志丹的正确领导

庆阳

下，红26军主力和游击队配合作战，从南到北，大小战斗三十余次，歼敌三千余人，解放了陕甘边地区十多个县的广大农村，拔掉敌人上百个据点，摧毁了国民党地方的保甲制度，建立了大片地区的工农兵政权和十多个游击（支）队，并进行了土地分配。先后建立了陕甘边南区及华池、赤安、庆北、安塞、赤淳、富西、富甘、合水、中宜、宁县、正宁等11个苏维埃县治。1934年11月，在荔园堡正式成立了陕甘边苏维埃政府及陕甘边区革命军事委员会，刘志丹任军委主席，习仲勋任苏维埃政府主席。贫农团、农会、赤卫军、工、青、妇、儿童团等组织也相继建立。边区党政军发布了一系列政策法令，从政治、经济、军事、文化到群众生活都作了明确规定。为了培训干部还开办了军政干校，刘志丹兼校长，习仲勋任政委，吴岱峰任军事主任，蔡子伟、马文瑞、张文华等任兼职教员，分批轮训各级干部和战斗骨干。各乡办起了列宁小学，发展教育，扫除文盲。陕甘边银行还发行了布制货币，建立了集市贸易，根据地的经济、文化日益繁荣和发展起来。

与此同时，陕北地区的革命斗争也有了很大发展。1933年夏，以马明方、崔田夫为首的中共陕北特委，决定扩大陕北游击队第一支队，创建二、三支队，开辟安定、绥德、神府3个游击区，开展游击战争。1933年底，谢子长回到陕北，由中共中央驻北方代表任命为西北军事特派员。在陕北特委和谢子长的领导下，陕北游击战争迅猛发展。

1934年7月25日，谢子长等带领陕北游击队来到陕甘边根据地，28日参加了中共陕甘边特委与中共陕北特委在阎家洼子召开的红26军和陕北游击队干部联席会议。会议宣读了上海临时中央局、中共北方代表的两封信。因受当时"左"倾错误的影响，指示信不顾客观事实，否定红26军开创陕甘边根据地艰苦卓绝的斗争，也有个别人对红26军不负责任地进行指责。但刘志丹忍辱负重，考虑到敌人"围剿"陕北根据地的大局，没有争辩。会议决定42师3团北上陕北，配合陕北游击队粉碎国民党陕北当局对陕北根据地的"围剿"；并推举谢子长为红26军42师政委。会后，在中共陕甘边特委和刘志丹的热情支持下，拨给陕北游击队一百支枪和数百枚银元。不久，谢子长率领红26军3团返回陕北，先后在安定、绥德、清涧、横山等地连打胜仗，粉碎了井岳秀部对陕北根据地的"围剿"。不幸的是，8月26日，谢子长在清涧河口战斗中中弹负伤，于次年2月21日逝世。遵照北方代表的指示，1935年1月30日，陕北各路游击队正式改编为红27军84师。

1935年1月，经中央驻北方代表派驻西北巡视员黄翰建议，中共陕甘边特委书记惠子俊、军委主席刘志丹等率红42师第2团北上，到陕北根据地赤源县（今子长县）水晶沟灯盏湾看望了正在养伤的谢子长，就建立陕甘边和陕北两个苏区的党政军的统一领导机构，以及组织第二次反"围剿"等问题进行了研究，达成共识。2月5日，刘志丹参加了中共陕甘边特委和陕北特委在赤源县周家硷举行的联席会议。这次会议正式统一了两地区党和军队的领导，决定成立中共西北工作委员会、西北军事委员会。刘志丹当选为西北工委委员和西北军委主席，工委书记惠子俊（未到职前由崔田夫代理）。会议还讨论通过了刘志丹、谢子长提出的粉碎敌人第二次"围剿"的战略方案，为进一步扩大西北根据创造了条件。

中共西北工委和西北军委的建立，标志着陕甘边、陕北两个苏区的统一和西北革命根据地的形成。从此，在中共西北工委和刘志丹的领导下，西北根据地进入了一个新的发展时期。刘志丹坚持从中国革命战争实际出发，创造性地提出和实施一系列正确的战略战术，粉碎了敌人的多次"进剿"、"会剿"和大规模"围剿"，取得了辉煌的战绩。

在战略指导上，刘志丹注重把握全局，运筹帷幄，正确决策。在第二次反"围剿"中，他立足战略全局，缜密地分析了敌情，决定集中兵力，首先打击刚刚入陕的高桂滋部第84师。他认为：高部虽然是"围剿"陕北根据地的主力，但他人地生疏，没有同我军作战的经验，更不善于山地作战，如果集中兵力首先打退

拓展阅读

志丹县、子长县

刘志丹和谢子长陵园分别在志丹县和子长县。为纪念他们两位,原保安县和安定县分别以他们名字命名。刘志丹在陕北名气很大,毛泽东题"群众领袖、民族英雄"。周恩来题"上下五千年,英雄万万千,人民的英雄,要数刘志丹"。外国友人称其为"陕西罗宾汉"。

其进攻,对于巩固和发展陕北根据地,乘胜打通与陕甘边根据地的联系,具有重要战略意义。另外,高桂滋与陕北军阀井岳秀矛盾很深,难以协同作战。这样,便于我军利用矛盾,各个击破。由于战略决策正确,部署和指挥得当,所以取得了第二次反"围剿"的重大胜利。

在战斗指挥上,刘志丹灵活机动,方法独特。他认为,处于防御地位的弱小红军,要打破强大之敌的"围剿",必须抓住关键点,不能蛮干烂打;必须周密部署,有取胜的把握才能出击。在第三次反"围剿"之初,他周密地分析了敌情,决定首先集中兵力,打击西渡黄河不久、态势孤立、立足未稳的阎锡山晋绥军。他认为,打退晋绥军的进攻,对于粉碎敌人的第三次"围剿"具有关键意义。1935年8月20日,他率部在绥德、吴堡地区向敌军发起突然进攻,在定仙墕一仗就歼敌一个团,迫使入陕之敌退回山西。

如今的陕北

避强击弱，是刘志丹灵活用兵的重要指导思想。他说："打仗一定要灵活，不要硬打。能消灭敌人就打，打不过就不打。游击队要善于隐蔽，平常是农民，一集合就是游击队，打仗是兵，不打仗是农民，让敌人吃不透。"刘志丹善于捕捉战机，出敌不意，攻敌不备，以少胜多，以弱胜强，敢于采取敌进我退的方针，深入敌后，发动进攻，打破敌军的"围剿"。西北红军正是在这种正确思想指导下，仗越打越精明，战绩越来越辉煌，特别是西华池一仗，歼敌一个团部及两个整营，创造了步、骑兵协同作战的范例。

刘志丹在指挥作战中，还十分重视培养部队勇猛顽强的战斗作风和严明的纪律。他治军严格，赏罚严明。对于作战勇敢、表现突出的指战员，及时给予表彰；对于违反纪律的，不论哪一级干部，都坚决处罚。由于西北红军执行了严格的纪律，从而提高了广大指战员的政治觉悟，赢得了人民群众的拥护和支持。

在创建西北红军过程中，刘志丹十分重视党在军队中的组织建设和思想建设。他认为，党对人民军队的坚强领导，是红军发展壮大的根本保证。按照古田会议精神，在部队团以上单位设有党委，连设有支部；建立了政治工作制度和政治机关，实行政治委员制；实行民主制度，在连、营、团各级设立士兵委员会；采取官兵一致、优待俘虏、瓦解敌军等原则。同时，同各种错误思想倾向进行坚决斗争。红军除了打仗以外，还要担负开展群众工作、筹款、建立革命政权等项重大任务，使西北红军真正成为了一支中国共产党领导的、与人民群众血肉

相连的新型人民军队。

在西北红军建设中，刘志丹高度重视对党的干部的培养训练。他认为，加强干部培养，是贯彻落实党的路线、方针、政策的决定性因素。除了在战争实践中摔打、训练干部以外，他坚持开办红军随营学校、军政干部学校，亲自兼任校长，亲手制定教育方针、审定教学大纲和教学计划，经常给学员讲课。在他的正确领导和培养教育下，陕甘地区涌现了一大批军政骨干，后来许多人成为治党、治国、治军的栋梁之才。

建立西北根据地

刘志丹是实事求是的光辉典范。他创造性地开辟了西北革命根据地，为探索走以农村包围城市的革命道路做出了独特贡献。渭华起义失败后，他深深感到根据地对于革命成功的重要意义，明确地提出"向井冈山学习"，实行"工农武装割据"。经过广大军民的艰苦努力，成功地创建了以照金为中心的陕甘边根据地。后来又采取"狡兔三窟"的办法，创建了以南梁为中心的陕甘边根据地。毛泽东同志高度评价说：刘志丹创建的陕甘边根据地，用"狡兔三窟"的办法，创出局面，这很高明。

1935年2月，由于西北革命形势的迅猛发展，以及中央红军向西部转移，使蒋介石感到极度不安，他急调驻河南的高桂滋部84师及陕、甘、宁、晋四省军阀部队，总兵力约四万余人，对西北根据地发动了第二次"围剿"。此时，根据地武装虽有极大发展，但红26军和27军主力还只有四千人左右，游击队也不过三千多人。面对这种形势，如何粉碎敌人的进攻？当时红军和西北工委领导人有两种不同意见：以刘志丹为代表的一种意见，主张向南发展，进攻延长、延川、保安、安塞，使陕北苏区与陕甘苏区打通；另一种意见主张攻打国民党统治力量较强的据点绥德、米脂、佳县、吴堡，与神府苏区（陕北苏区之一）打通。大多数同志同意了刘志丹的意见。刘志丹即据此和周家硷会议精神，亲自为西北军委起草了粉碎国民党当局第二次"围剿"的动员令。动员令分析了敌我形势，要求首先打击深入根据地但对陕北人地生疏、又与陕北军阀井岳秀互有戒备的高桂滋部，尔后向南、向西发展，使陕甘和陕北根据地连成一片。为了保证第二次反"围剿"的胜利，动员令要求红军、游击队、赤卫军、少先队实行严格的军事化，服从命令，听从指挥，反对散漫习气和无组织、无纪律状态。动员令下达后，根据地党、政、军、民立即投入战斗，红军所到之处，赤卫军站岗放哨，群众紧密配合，带路送信，

妇女补衣做鞋、看护伤员，整个根据地森严壁垒，众志成城。

　　反"围剿"战斗开始后，红27军84师按刘志丹命令率先和敌人接触，3月初，在清涧歼灭国民党军一个连。4月22日，红26军主力北上，在横山寺儿畔首战告捷，歼灭井岳秀一个精锐连。5月1日，红26军、27军在赤源县（今子长县）白庙岔胜利会师，当日举行了盛大的联欢会，刘志丹和两支红军的代表都在会上讲了话，会场上洋溢着兄弟部队亲密团结的气氛。会后又进一步进行了战斗动员，使大家士气更加旺盛。为统一两军作战，西北军委成立前敌总指挥部，刘志丹兼任总指挥。接着两军在刘志丹统一指挥下，根据地群众武装协同作战，连战皆捷。先在安定吴家寨、马家坪歼灭高桂滋部两个营又一个连，迫使驻安定县城守敌撤至瓦窑堡，10日安定县城解放。

这是西北革命根据地解放的第一座县城。根据地军民乘胜再战，又在清涧无定河边，歼敌一个连。接着，再以声东击西的奔袭战术，制造假象，扬言要打清涧和绥德县城，给敌人造成错觉，主力则兼程南下，隐蔽运动到延长城下。30日凌晨，刘志丹亲自指挥攻城，全歼守敌四百余人，吓得附近甘谷驿民团自动投诚，延长守敌弃城而逃，延长县城遂告解放。6月1日，国民党延川守军惧怕红军攻城，连夜逃遁清涧，延川县城顺利解放。延长和延川相继解放后，前敌总指挥部决定乘胜拔掉陕甘边与陕北根据地之间的敌人据点，以便打通两根据地的联系。为此，刘志丹制定了先夺甘泉，孤立延安，然后再打安塞的作战计划。6月4日，红军昼夜兼程，南下奔袭甘泉，但因意图暴露，敌人增强戒备，未能得手。刘志丹遂改变计划，在甘泉虚晃一枪，率主力沿洛河两岸西上，在延安高桥击溃国民党军一个连，击毙延安县民团团长李汉华。接着，红军重重包围了安塞县政府所在地兴隆寨，在政治争取无效后，挖地道爆破寨墙，于20日强攻占领山寨，歼敌二百余人，俘虏了安塞县新旧两任县长，解放了安塞县城。安塞县境的地主武装、反动民团被相继扫光，使陕甘边与陕北根据地基本连成一片。

6月28日，刘志丹又率红军主力挥师北上，奔袭靖边县城——镇靖城。该城西山寨是个制高点，敌人负隅顽抗，火力足以控制全城，这样的地形对红军极为不利，战斗十分激烈。由于主力红军与赤卫队紧密配合，经过反复强攻，终于全歼了守军一个营，击毙营长屈子鹏，胜利攻下镇靖城。靖边县城解放，保安随之被孤立，使"围剿"根据地的国民党军大为震惊。保安守敌不战而逃，红军不费一枪一弹解放了保安城。接着，刘志丹又令贺晋年率红1团乘敌人外出抢劫之际，在绥德老君殿全歼高桂滋部一个营，击溃两个营，击毙团长艾捷三。至此，敌人第二次"围剿"被彻底粉碎。此次反"围剿"中，红军缴获长枪三千余支，轻重机枪二百余挺，俘敌约两千人，解放了延长、延川、安塞、安定、靖边、保安六座县城，使陕北、陕甘边两根据地完全连成一片。在二十多个县建立了工农民主政权，游击区扩大到三十多个县，根据地范围扩大到北起长城、南到淳耀、西接环县、东临黄河的广大地区，主力红军发展到五千人左右，游击队也发展到四千人，革命形势一片大好。

第二次反"围剿"连打了几个漂亮仗，取得了很大胜利，从根本上说，这是由于主力红军和游击队紧密配合，并在人民群众大力支持下取得的结果；同时也集中体现了刘志丹的战略、战术思想和军事指挥才能。他在指挥作战中，善于审时度势，捕捉战机，常常出其不意，攻其不备，以劣势对优势而战胜敌人。在接连取胜的形势下，他仍十分注意总结经验，一再告诫部队戒骄戒躁，因而能够带领全军不断取得一个

井冈山仙女潭

又一个的胜利。

第二次反"围剿"接连取胜之际，正是中共中央和中央红军长征快要到达陕北的时候。蒋介石为了使中央红军无立足之地，于7月间又发动了对西北根据地的第三次"围剿"，妄图一举摧毁这块我党在第二次国内革命战争时期唯一保存下来的革命根据地。正因为这样，蒋介石对这次"围剿"下得本钱更大，在西安设立了"西北剿匪总司令部"，他自己兼总司令，张学良任副总司令。除了调集陕、甘、宁、晋、绥五省军阀军队外，还调集驻陕西的东北军主力和国民党中央军一部分，共十五万多人，超过红军十余倍。

刘志丹根据敌强我弱的形势，制定了集中主力红军各个击破敌人的作战方针，趁敌部署尚未就绪之时，先发制人。

8月下旬，在东线的吴堡、绥德一带，刘志丹指挥红军首先在定仙墕歼灭阎锡山部一个团，俘敌一千八百余名，迫使阎军退回山西（之前在此还击落了一架侦察机）。接着又集中兵力进攻北线敌人。西北根据地的发展，红军力量的壮大和英勇善战，牵制了国民党军队十多万兵力，减轻了各路红军长征的压力。此时，徐海东、程子华等率领红25军，由鄂、豫、陕苏区西征北上先期到达陕北。刘志丹亲自起草了《为欢迎红二十五军给各级党部的紧急通知》,并派陕甘边苏维埃政府主席习仲勋、陕甘边革命军事委员会主席刘景范前往保安瓦子川热情迎接。

9月中旬,红25军和红26、27军在延川永坪镇胜利会师。同时成立了中共中央北方局派驻西北代表团,朱理治任书记。会师后,中央北方局派驻西北代表团在永坪镇召开了中共西北工委和中共鄂、豫、陕省委联席会议,决定撤销西北工作委员会和鄂、豫、陕省委,成立中共陕、甘、晋省委,书记朱理治,副书记郭洪涛。并改组西北革命军事委员会,主席聂洪钧。同时,为统一红军指挥,确定红25军、26军、27军合编为红15军团,徐海东任军团长,程子华任政委,刘志丹任副军团长兼参谋长。下辖3个师,75师（红25军改编）、78师（红26军改编）、81师（红27军改编）。红15军团成立后,徐海东、刘志丹即率部南下。

阎锡山故居

10月1日,在延安以南的劳山地区全歼东北军110师两个团和师直属队,击毙师长何立中。劳山战役的胜利给国民党当局以极大震动,瓦窑堡守敌84师连夜弃城逃往绥德,红军乘胜追击,拔除了瓦窑堡周围的敌人全部据点。5日,根据地首府迁驻瓦窑堡。这时中共中央及中央红军已进至甘肃通渭、静宁地区,国民党"西北剿总"一面急调大军阻击,一面电令董英斌、王以哲、孙楚等部,立即在陕北"聚歼"刘志丹、徐海东部,"不准与毛、周靠拢",反"围剿"斗争进入紧张阶段。

在创建根据地斗争中,刘志丹采取了武装斗争、土地革命和根据地建设三者紧密结合的方针。他认为,只有进行武装斗争,才能在一定范围内开辟农村根据地,建立苏维埃政权;只有进行土地革命,满足农民对土地的要求,才能获得人民群众的支持,根据地才能得到巩固;只有建立起巩固的根据地,武装斗争才不至于变为流寇式的战争,才可能避免迅速失败的命运。

实行正确的土地政策。刘志丹认为,中国革命战争实质上就是农民战争。领导这样的战争,必须把农民问题放在核心的位置上,引导与动员他们参加革命战争、建立革命政权。为此,他采取了许多行之有效的方针、政策，最大限度地满足农民对土地的要求，赢得了广大人民群众的衷心拥护和支持，成为红军取之不尽、用之不竭的力量源泉。与此同时，刘志丹始终同人民群众心连心。他每到一地，总是深入群众，关心群众的疾苦，为群众伸冤除害，帮助群众解决实际困难，深受广大人民群众的崇敬和爱戴，被群众亲切地称为"老刘"，在人民群众中享有崇高的威望。周恩来称赞他："上下五千年，英雄万万千，人民的英雄，要数刘志丹"。

实行正确的统一战线政策。刘志丹常说："革命需要建立统一战线，敌人越少越好，朋友越多越好。我们增加一份力量，敌人就减少一份力量。"他坚决主张在政治上消灭地主阶级，而在生活上要给一般地主以生活出路，允许富农分得一部分好田，使地主、

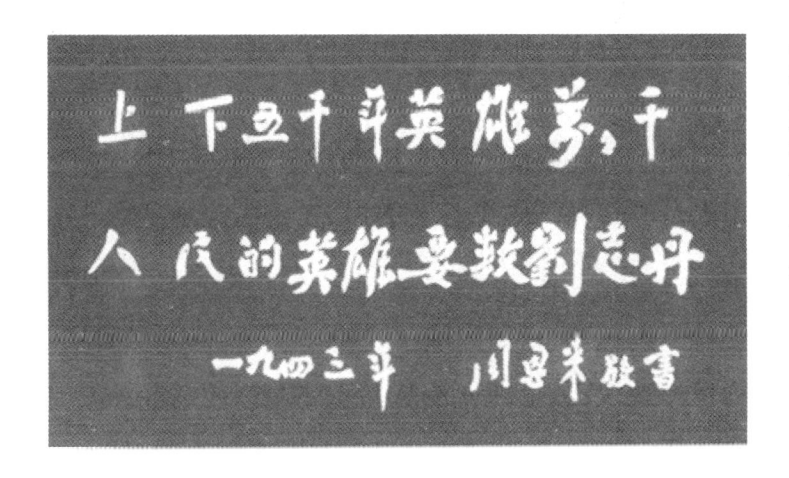

富农也有安身立命之本。同时，他对根据地周围的民团和地主武装也采取区别对待政策，打击反动的，争取中间的，团结友好的。实践证明，他实行的这些灵活的政策和策略，对于削弱敌人力量，壮大革命力量，巩固红色政权，起到了重要作用。

实行正确的经济政策。刘志丹认为，在战争年代如果不重视经济建设，革命战争的物质条件就没有保障，人民群众的生活就得不到改善。因此，他同根据地的其他领导人决定成立银行，发行布币，开办牧场和实行集市贸易，吸引外来商人经营，使根据地经济得到恢复和发展，军民生活有了改善。他为了提高人民群众的文化水平和思想觉悟，还创办了列宁小学等，使根据地的文化教育事业也有所发展。

正是由于刘志丹创造性地实施了一系列正确的方针、政策，才使陕甘边、陕北革命根据地连成一片，成为土地革命战争时期全国仅存的一个具有战略基地作用的革命根据地，成为党中央和各路红军结束长征的立足点和党中央领导中国革命的大本营。刘志丹作为西北革命根据地的主要创建者之一，立下了卓越的功勋，将永载革命史册。

党中央来了晴了天

正当反"围剿"斗争胜利进行的紧要关头,王明"左"倾错误却在西北根据地恶性发展。

早在1934年夏,中共陕甘边特委执行正确路线的同志就被无端指责为"富农路线"和"右倾机会主义",此时,王明"左"倾错误的执行者中共中央北方局派驻西北代表团和中共陕、甘、晋省委又决定"开展反对右倾思想的斗争"和"肃反"。这次他们先是利用永坪联席会议组织上的变动,不公正的将刘志丹排斥在新的省委和军委领导之外,同时安插"左"倾错误的执行者担任要职,接着即以"肃反"为名到处抓人。他们攻击刘志丹"一贯右倾",诬陷他是"右派","同国民党部队有秘密勾结",然后干脆给他戴上"白军军官"、"反革命"的帽子。凡是原红26军营以上的干部和原西北军委机关、陕甘边区县委书记及县苏维埃主席以上的干部几乎全部被捕，严刑逼供，指名要他们招出刘志丹是"右派反革命的首领"，并残酷地杀害了二百多名干部。许多忠于党和革命的干部，虽经多次严刑拷打，仍宁死不屈，拒不承认他们的诬陷。当时，刘志丹正在前线，他们采取欺骗手段，以调往北线指挥作战为名，于10月初劳山战役之后将刘志丹骗离前线。刘志丹在途经安塞县真武洞时，恰好碰见从瓦窑堡（中共陕、甘、晋省委和中央北方局派驻西北代表团所在地）来的通信员，通信员认识刘志丹，说有一封给15军团的急件，顺手交给了他。刘志丹一看，原来是密令逮捕自己和其他人员的名单。他对这种不顾大局、搞阴谋诡计陷害同志的卑劣行径十分愤慨。但他同时又具有极高的党性，为了不使党分裂，不使红军自相残杀，不给敌人以可乘之机，他不顾个人安危，镇定地把信交还通信员，说："你快把信送到军团部，说我自己去瓦窑堡了。"随即策马扬鞭，过家门而不入，毫不犹豫地径直奔赴瓦窑堡，打算向中央北方局派驻西北代表团申诉，宁愿自己被捕，也不要逮捕前线其他指挥员。但他一到瓦窑堡即被投进监狱。"左"倾错误的执行者无视刘志丹这种赤胆忠心和大义凛然的行为，竟然说："刘志丹明知要被逮捕，反而不跑，是狡猾地以此使党对其信任"，并进一步错误地断定刘志丹是"为消灭红军而创造红军和根据地的反革命。"诬陷他率领红军打进县城消灭白军，纯系反革命欺骗群众的"花招"。刘志丹蒙受不白之冤，在监狱受尽折磨。但他面对随时可能被处死的残酷现实，始终泰然处之。

西北根据地的错误肃反，制造了大量冤案，造成了根据地人人自危的恐怖局面。地主、富农、反革命分子乘机捣乱，根据地一些地区发生了"反水"现象。同时，敌人也增调兵力，完成对根据地新的"围剿"部署，妄图从南北两路夹击红军，进而消灭红军。内遭错误路线的破坏，外受强大敌人的包围，本

瓦窑堡

来形势大好的革命根据地，一下陷入了岌岌可危的严重局面。

正当硕果仅存的西北革命根据地和红军陷于严重危机的关键时刻，1935年10月19日，中共中央和中央红军突破国民党军的围追堵截，到达西北根据地吴起镇（今吴旗县城）。喜讯传来，军民振奋。毛泽东等同志是在突破腊子口后，在哈达铺才从国民党的报纸上得知陕北有个刘志丹领导着一支相当数量的红军，并创建了一块不小的根据地，十分高兴。到达陕北后，了解到根据地正在进行错误肃反，刘志丹等已被关押，毛泽东立即下令："刀下留人，停止捕人，一切听候中央解决"，并派王首道、刘向三、贾拓夫等代表党中央，奔赴瓦窑堡接管"左"倾错误领导控制的保卫局。经过审查，于11月初将刘志丹等受诬陷被捕人员全部释放。

刘志丹出狱后，西北根据地军民欢欣鼓舞，奔走相告。毛泽东和周恩来亲切地接见了刘志丹。刘志丹先见到周恩来，亲热地说："周副主席，我是黄埔四期的，你的学生。"周恩来说："我知道，我们是战友。"接着周恩来又领他去见毛泽东。毛泽东和周恩来亲切地安慰和鼓励刘志丹，说："你和陕北的同志受委屈了。"刘志丹毫无怨言，立即代表全体获释干部感谢党中央的正确处理，他激动地说："中央来了，今后事情都好办了。"在党中央召开的受害同志座谈会上,刘志丹一再谦虚地表示:我们工作中也有缺点错误,强调要"团结起来,在党中央领导下努力工作,为完成我们的伟大事业而奋斗。"

毛泽东不但及时纠正了西北苏区"肃反",并且亲自指挥红军打击敌人。接着,中央红军和西北红军配合,取得了著名的直罗镇战役的胜利,彻底粉碎了国民党当局对西北根据地的第二次"围剿"。红军声威大震,根据地空前发展。

在直罗镇战役中,刘志丹指挥地方武装围攻延安,牵制敌军,有力地配合了直罗镇战役。之后,党中央根据形势发展的需要,将西北根据地重新划分为陕北、陕甘两个省委和关中、神府、三边三个特委,并相应地建立了政府机构。同时,又成立了新的西北革命军事委员会,统一管辖西北地区的革命武装,刘志丹先后被任命为西北革命军事委员会后方办事处副主任(周恩来兼主任)、中央所在地瓦窑堡警备司令。在此前后,有些受迫害的同志出自对王明及其"左"倾错误执行者的义愤,多次要求刘志丹向党中央、毛泽东同志反映,处理犯错误的人。刘志丹胸怀坦荡,一再进行解释、说服工作,他一方面严肃批评那些犯错误的人是不相信从土地革命中成长的红军,不相信从长

毛泽东在陕北吴起镇的住址

期斗争中锻炼出来的干部，而表现了小资产阶级的极"左"主义思想与疯狂病。另一方面一再劝慰受害同志，以大局为重，团结一致，共同对敌。他常说，党内历史问题不必性急，要相信党中央、毛主席会分清是非，作出正确结论。

1936年初，他要习仲勋转告受迫害的同志："过去了的事都不要放在心上，这不是哪一个人的问题。要相信党中央、毛主席会解决好，要听从中央分配，到各自岗位上去积极工作。"他向部队讲话时，每次都要强调：革命利益高于一切，要顾大局、识大体，绝对服从中央的领导，听从中央的调遣，要向中央红军学习，加强团结。在他的影响下，许多受迫害同志都不计个人恩怨，忍受政治上未彻底平反（1942年西北局高干会时才彻底清算了"左"倾错误），职务上安排不公的现状，仍然勤恳为党工作，西北红军和中央红军团结得亲密无间。周恩来多次赞扬他说：刘志丹同志对党忠贞不二，很谦虚，最守纪律，他是一个真正具有共产主义品质的共产党员。（1983年，中国共产党中央委员会在关于西北党史问题的28号文件中明确指出："刘志丹同志是一个胸怀大局，具有崇高品德的领袖人物。"）

<h3 style="text-align:center">东征抗日　英勇献身</h3>

1935年华北事变后，全国抗日形势迅速高涨。11月13日，中共中央发表《为日本帝国主义吞并华北及

蒋介石出卖华北出卖中国宣言》。28日，中华苏维埃人民共和国中央政府及中国工农红军革命军事委员会发布《抗日救国宣言》。12月8日，毛泽东、彭德怀、刘志丹联合署名发表《告陕甘苏区工农劳苦群众书》，指出亡国灭种的大祸已迫在眉睫，揭露蒋介石围攻革命根据地，指出他实际上是要"把我们陕甘的土地、人民卖给日本帝国主义，要使我们做亡国奴"。号召劳苦群众争当红军，反对国民党反动派的进攻和日本帝国主义的宰割，"和万恶的敌人血战"！"来保卫我们神圣的苏区"！12月中旬，西北革命军事委员会以红15军团第78师和骑兵团组成北路军，任命刘志丹为总指挥，打击横山地区来犯之敌，保卫苏区。年底，中央决定以地方游击队组建红28军，任命刘志丹为军长，宋任穷为政委。下辖三个团，一千二百余人。

1936年1月25日，毛泽东、周恩来、彭德怀、刘志丹等20位红军将领发表《红军为愿意同东北军联合抗日致东北军全体将士书》。同月，中共中央决定，为适应全国人民抗日救亡的迫切要求，组织中国工农红军抗日先锋军渡河东征。2月17日，中华苏维埃人民共和国中央人民政府、中国工农红军军事委员会发布《东征宣言》，并随即派主力红1军团和红15军团东渡黄河进入山西，在汾河河谷击败阎锡山的堵截，逼近同蒲铁路，积极准备东出河北、察哈尔与日本帝国主义作战。蒋介石对毛泽东亲自率红军渡河东征甚为惧怕，慌忙下令从洛阳、徐州等地，调遣10个师以上军队配合晋绥军拦截红军去路；同时，又令东北军和17路军进攻西北红军后方。为了粉碎蒋介石的阴谋，党中央命令刘志丹和宋任穷率领红28军担任侧翼，从佳县以北渡黄河，插入晋西北地区，配合中央红军迅速打通通向抗日前线的道路。

刘志丹率领部队在向黄河岸边挺进的行军中，沿途受到西北根据地群众的热烈欢迎。人们听说刘志丹带着红军回来了，甚至专程跑了几十里路来看望，宿营地经常挤满了亲切慰问的群众。一次在神木县境，一位七十多岁双目失明的老大娘，也拄着拐杖颤颤巍巍地赶来探望，大家笑着说："大娘，你怎能看见老刘啊！"她说："看不见，我还摸不着吗？"刘志丹立刻站到老人家面前，拉着她的手，亲切地说："大娘，我就是刘志丹。"老人家把志丹从头摸到脚，又从脚摸到头，激动地流着热泪说："好哇！……好哇，你真是咱们老百姓的好人啊！"在场的群众大多感动得流下了热泪，这充分反映了刘志丹和广大劳苦群众的血肉联系。

3月，红28军打下神木沙峁镇后，住在贺家川一带进行紧张的渡河准备。刘志丹在广大群众的帮助下，经

过昼夜不停地详细调查研究，最后选定在通往山西兴县的神木县贺家川山坡渡口湾渡河。3月31日，部队在刘志丹指挥下，胜利渡过了黄河。渡河后立即摧毁罗峪口敌军指挥部，随即向兴县黑峪口横扫过去，沿途连战连胜。当部队进至山西兴县白文镇时，接到中央军委急电："为了配合红军进逼汾阳，威胁太原，并打通前方与陕北之联系，保证红军背靠老苏区，命令28军即向离石以南黄河沿岸地区进击。并可择机攻占中阳三交镇，牵制和调动敌人。"刘志丹率领部队立即向西南进军，经过激烈战斗，按时到达三交镇附近。4月10日，中共中央决定刘志丹任中国工农红军西北革命军事委员会委员。4月13日，彭德怀司令员、毛泽东政委下达了消灭三交镇敌军的命令。

三交镇是山西省中阳县（今柳林县）一个重要渡口，河西就是西北根据地绥德。该镇周围设有坚固工事，并有一个团敌人防守。刘志丹为打好这一仗，昼夜不眠，亲自观察地形，仔细研究敌情，严密部署战斗。4月14日在围攻三交镇的战斗中，刘志丹一直在军部指挥所里紧张地指挥战斗，由于过度疲劳，眼里充满了血丝。同志们劝他休息一会儿，他怎么也不肯，笑着说："不知怎么一回事，枪一响，一点也不困了。"当他得知一团攻击不太顺利时，便立刻和政委宋任穷商议，让宋留在军指挥所掌握全面情况，他自己到一团和指战员一起研究突破敌军的方案。在一团阵地，他指出："这次战斗与河东整个红军的安危有关，要号召每个共产党员拿出最顽强的毅力，狠狠打击敌人，争取战斗的胜利。"当日下午，正当他在前沿阵地观察敌情，指挥战士向敌人发起冲锋时，不幸左胸中弹，伤及心脏，当即昏迷过去。当他清醒过来后，仍以顽强毅力，断断续续地告诉身边同志："让宋政委……指挥部队……赶快……消灭……敌人。"说完就停止了呼吸。

刘志丹牺牲时年仅33岁，他为中国人民的解放事业贡献出了年轻的生命，流尽了最后一滴血。

战斗故事

给女红军起名字

1929年5月的一天下午,周之山正在家里做针线活,突然听到外面狗"汪汪"直叫。她放下针线急忙走出门,看见是丈夫的好朋友呼永华、周梦雄前来着落炉钱(实际上是搞革命活动),便挡住狗,请他们二位进屋坐。当时呼永华同志是绥德县委的负责人,也是周之山参加革命活动的联系人;周梦雄是周家硷地区党的负责人,也是周之山入党介绍人。他俩这次来周之山家,给她布置了两项任务:一是让周之山的丈夫牛开仁(铁匠)给红军打些大刀和红缨枪;二是通知她晚上到阳庄沟安山村开会。周之山是一位心直口快,敢

红军女战士像

想敢说，做事果断而又利落的女强人。她听说是红军领导刘志丹召集开会，便高兴地答应了他们布置的任务。

晚上，周之山便来到安山村老安家里，见炕上、地下挤满了许多陌生人。其中一位农民模样又英俊潇洒的年轻人问呼永华说："刚才来的这位女同志是谁？"呼永华忙向刘志丹介绍说："她是牛大嫂！丈夫姓牛，岁数比我们大，所以我们常叫她牛大嫂！"刘志丹下炕后走到周之山跟前和蔼地问："你贵姓？""我姓周！""叫什么名字？""我妇道人家，没有名字。""啊？干革命怎能没名字呢？"呼永华帮腔说："老刘，我们这里的妇女都没有名字。如果姓周就叫周氏女，姓张就叫张氏女，姓刘就叫刘氏女。"刘志丹爽快地说："哪（那）还能成？牛大嫂，我给你起个名字好不好？"周之山笑着说："哪（那）好啊！"刘志丹又问周之山："你哥哥和你弟弟叫什么名字？""我大哥叫周之文，二哥叫周之祯，三弟叫周之翰。"刘志丹抬头思索了片刻，风趣地说："我看牛大嫂就叫周之山吧！她是咱红军在周硷地区的一座靠山！"呼永华开玩笑说："牛大嫂可以说是咱们红军中的一朵山丹丹花！"刘志丹和呼永华这样一说，逗得人家都笑了，都认为这个名字起得好。周之山也高兴地笑了，从此她才真正有了自己的名字。

这次会上，周之山聆听了刘志丹、呼永华等同志传达的陕北特委会议精神，懂得了许多革命道理：穷人只有在共产党的领导下，发动广大穷苦民众，组织起来斗地主、打恶霸、减租减息，才能推翻国民党反动政权，建立红色政权。

太白夺枪

合水县太白镇，坐落于子午岭东麓的丛林峻岭中，苗河和葫芦河由此汇入洛河。是一个北通志丹县，西连华池县，东接富县并通往革命圣地延安的咽喉地带。镇上有一条东西走向的小街道，镇北面有一座残破的土城，相传为北宋庆历年间范仲淹所筑。小镇周围，群山环抱，流水潺潺，景色如画，有"小江南"之称。在战争年代里，这里是兵家必争之地。

1930年8月中旬，刘志丹、谢子长一同前往绥德，参加了中共陕北特委第五次（扩大）会议。9月14日，刘志丹返回家乡保安县永宁山，向党组织传达了会议精神，同曹力如、王子宜等同志一起研究制定了在陕甘边界开展革命武装斗争的计划。他们经过反复研究，打算先消灭驻合水县太白镇的陇东民团第24营，铲除祸害，夺取枪械，建立一支独立的工农武装。

刘志丹塑像

这时候，从三道川脱险的卢仲祥、刘约山、马福吉等人陆续回到了永宁山。还有贺彦龙、魏佑民等几个人也从延安、宜川等地来找刘志丹。大家正凑在一起研究消灭太白民团的办法时，恰巧在陇东民团搞兵运工作的杨树荣（真名姜兆莹）也从庆阳来到了永宁山。他汇报说："三道川事件发生后，气得谭世麟直骂张廷芝是反复无常的小人。看来咱们准备起义的事，谭世麟一点也不知道。他还要我把刘志丹找回来，仍当他的骑兵第6营营长，还把太白民团的副营长叫来，当面交代，叫他协助办这件事"。根据这个情况，刘志丹决定突袭太白民团。他们一面派杨树荣先去太白，通知第24营营长黄有麟，副营长穆寿禄，说刘志丹率领骑兵第6营随后就要来，假以"商借粮草"为名，先稳住敌人。一面分头调集人马，设法从我党掌握的保安县民团中抽出些枪支、马匹，加上从三道川突围出来的人马枪支，共凑长短枪二十多支，战马二十多匹，还赶制了军衣，旗号。人马调齐以后，刘志丹于夜晚将部队带进子午岭的密林中，进行了战前动员和训练。

经过充分准备之后，9月28日拂晓，刘志丹骑着一匹铁青色的高头大马，穿上民团军官服装，率领打着"陇东民团军骑兵第六营"旗号的骑兵部队，翻山越岭，沿着葫芦河向太白镇前进。

太白街道的东南头有个烧坊，掌柜的名叫李绪增，陕西朝邑人，外号"蒜客"，为人刚直仗义，早就和刘志丹相识，喜欢交往闹革命的人。刘志丹的部队这天就进驻"蒜客"的烧坊里。太白民团下属3个连，第一连驻在烧坊西边的一家骡马店里；第二连和黄有麟驻河东黄家砭；第三连驻在离太白几十里以外的林锦庙，兵力比较分散，有利于各个击破。

当天晚上，党组织派进太白民团当兵的赵连璧（即赵二娃），以喝酒为名找刘志丹详细报告了太白民团的情况。

次日，刘志丹的队伍即分头与敌人进行了官对官、兵对兵的"交朋友"活动。一面麻痹、迷惑敌人，一面继续深入侦察敌情。

9月30日晚上，在"蒜客"的烧坊里，几个负责的同志详细研究了黄有麟营里的一些情况，提出敌众我寡，宜斗智，不宜斗力；宜速战，不宜持久。因此，决定由刘志丹和老杨把黄有麟和一连长王凤珠找在一起，以商量军队住宿和粮草供应问题为名，借机活捉黄、王，并命其下令让部队交枪。如果活捉不行，就先打死这两个坏蛋，同时由卢连长负责带十几人，借与敌第一连的官兵联欢之机，伺机夺他们的枪。"蒜客"负责准备酒菜。刘连长和魏佑民在河边警戒观察二连的动态。

10月1日早晨，太阳刚出山，晨雾还没散尽，刘志丹、杨树荣、赵副官化妆成传令兵来到王连长的住房中，刘志丹和王连长拉了几句闲话后，接着很认真地说："王连长，我们马上又来一百多人，怎么个驻法？还需要些粮草，想和黄营长商量一下。"

因为两天来彼此都很熟了，王连长想了一会儿就写了个纸条，叫卫兵去请黄营长和副营长穆寿禄。这时，刘志丹给赵副官使了个眼色，赵副官领会了刘志

北京中国军事博物馆纪念中国工农红军长征胜利70周年展品

丹的意思，立刻跑到烧坊里，告诉卢连长作准备。过了一会儿，黄营长来了，他走进房间与刘志丹打了个招呼，然后坐了下来。

刘志丹的卫兵路四，人称他为"神枪手"。这几天，他已经和黄有麟、王凤珠的卫兵搞得热火。王连长的卫兵很狡猾，路四叫他"小兔子"。黄营长的卫兵是个大个子，路四叫他"大汉"。这时候，路四一面放哨，一面同小兔子、大汉闲谈。忽然，小兔子把大汉叫到房里去，路四便在门外偷听。只听小兔子说："王连长叫我们注意，不对就先下手。"大个子说："我听营长说，王连长胆子太小，他们都是些细腿子（指刘志丹他们都是学生出身），敢把咱怎么样？"小兔子骂大汉是傻瓜。说着说着，两个人走出房来，站在王连长的门口，动也不动。路四着急了，拿出一包"哈德门"香烟，对大汉说："请你和你伙计来抽烟。"大汉拉着小兔子的手跑过来，路四递给他俩每人一支香烟说："抽吧，是营长给我们的。"三个人在外面抽了起来。屋里的王连长端着烟盒子，让刘志丹和黄营长上炕抽大烟，刘志丹再三说不会抽，只有黄营长上炕去抽。刘志丹正盘算怎样下手，突然外面"叭"的响了一枪，紧跟着赵副官慌慌张张跑进来说："黄营长，你的兵哗变了！"王连长听说哗变，正要掏手枪，刘志丹抽出枪对准他的脑袋,"叭"一下子就结果了他的性命。黄营长正要往起爬,又被杨树荣一枪打死了。

原来刚才那枪是路四打的。路四正在外边和两个卫兵谈着,小兔子一溜烟跑到马棚里拉出两匹马。路四问他:"拉马干啥?"小兔子胡乱支吾着。路四见势头不对,心想不能让他跑掉。正在着急,刚好赵副官点头示意,路四就一枪打倒了小兔子。人汉吓得把枪一扔跪下哀求饶命。

这时候,在"蒜客"的烧坊、院子里,摆着好几桌酒菜,卢连长和几个同志提酒壶给黄营的官兵灌酒,有的人已被灌得酩酊大醉,东倒西歪,没醉的还在一心一意地红着脸猜拳行令。

卢连长听见枪声,把酒壶一扔,用枪口对准敌人大喊一声:"缴枪!"。其他所有的人都把枪口对准了敌人。这时,赵连璧举起枪大声说:"弟兄们!刘志丹的军队是穷人的军队,咱们都是受苦人,还是跟他们走吧!"敌人的一个排长愣了一下,准备抵抗,被卢连长一枪打倒。其他的敌人乱作一团,有的钻进桌子底下,有的把枪扔下跑了,有的还在抵抗。双方对打了一阵,才把敌人消灭。刘志丹收拾了敌人头目后,急忙赶往烧坊,刚出大门,迎面跑来4个人。刘志丹喊了一声:"缴枪!"4个敌人就乖乖地放下了武器。

当刘志丹赶到烧坊时，这里的战斗已基本结束，少数钻进老百姓草堆和炕洞里的敌人，也被搜了出来。缴了40多支枪，15匹骡马，30头毛驴。

黄家砭的敌人第二连听到街上枪响，都冲出来向山上跑。这时，卢连长带着人马向烧坊赶来，同刘志丹、魏佑民一块，带了二十多个骑兵追去打了一阵，又缴获十多匹马，八支枪，其余的敌人跑散了。

中午，"太白夺枪"胜利结束，太白人民的祸害被消灭了。部队也准备出发了，镇子上的男女老幼喜气洋洋地挤在街头欢送，刘志丹给群众讲了几句话，就带上队伍向林锦庙急进。赶到距太白镇30里路的枣刺砭，恰巧碰上敌人第三连连长马建有的两个随从在道旁遛马，刘连长缴了他们的枪。又捉住了连长马建有，把他捆在马上，当晚二更时分赶到林锦庙，逼马建有交出了本连的全部枪支和马匹，然后把他释放了。

这次行动共缴获长短枪六七十支，骡马几十匹。从此，中国共产党在西北地区所领导的第一支革命武装就正式诞生了。

自1930年刘志丹领导"太白夺枪"以后，这里就很快成为红色革命根据地。后来，刘志丹依靠这支武装力量，在合水、保安、安塞一带开展游击战争，发展革命队伍。"太白夺枪"为西北革命史写下了光辉的一页。

夜访"中离虎"

1936年4月1日,红军28军军长刘志丹率部从晋西兴县南下,一路克敌制胜,所向披靡。

当时,由于阎锡山对红军的反动宣传,许多村庄村民躲避红军,而唯独在东河村,老百姓热情地出来迎接红军,送水、送饭。刘志丹吃惊地问这个村子村民,村民们说,是因为有个辞职的省参议员叫任培厚,回家后专十为民请命的事情,中阳、离石一带的老百姓给他起了个绰号叫"中离虎"。任培厚曾告诉过当地老百姓,红军是解放穷苦人的队伍。

当天晚上,刘志丹将军就去任培厚家里,二人盘腿坐在炕上聊了很长时间。刘志丹告诉他说,这次红军东征就是为了筹粮、筹款、扩红,为了打通前往抗日前线的道路,使红军能够直接进入河北和察哈尔去打日本。任培厚说,阎锡山表面上是支持抗日的,但是他暗地里和日本人勾勾搭搭,所以致使当时东北察哈尔、热河都沦陷,华北告急、平津告急,山西也在告急。在这种情况下,任培厚说,我们作为一个国人,就应该团结一致,抛弃一切嫌弃、一切不同的见解,

山西汾河

团结起来，共同对外，把日本人赶出去。临告别的时候，刘志丹再三嘱托任培厚，你不愿意加入哪个党派，也不愿意出去工作的话，你就应该多宣传抗日救亡的运动，来唤起国人一致对外。

经过刘志丹将军的一番开导，开明绅士任培厚更加坚定了向群众宣传抗日救亡的决心和信心，后来他不仅发动群众支持和参加红军起来闹革命，而且亲自到吉县的克南坡面见了阎锡山，陈述了反对内战，团结一致，抗日救亡的道理和主张，为我党在山西建立抗日民族统一战线作出了贡献。

关心群众　亲如家人

"正月里来是新年,陕北出了个刘志丹",当年企盼好光景的陕北民谣,几乎把刘志丹视为救世的圣人,这是因为他确实代表了当地穷苦民众的利益。在渭华起义后,刘志丹等人用通俗诗的文体发出的布告,道出了当时人民要革命的原因——"土豪劣绅加财东,剥削穷人真个凶。加以放账驴打滚,卖儿卖女还不清。""贪官污吏都打倒,我们要做主人翁。建立苏维埃政权,才能过成好光景。"他能在陕北克服重重困难开辟一片新天地,就是因为有一批批极度贫困的庄稼汉和放羊娃始终跟随着他,并把争取生存、温饱的希望寄托于他举起的红旗。

在陕北的斗争中,刘志丹常年奔走在四季只披身

渭华起义纪念塑像

老羊皮、连内衣都没有的穷苦百姓中间，自己穿的也是粗布衣和草鞋，同志们和老乡们都一直亲切地以"咱们的老刘"称呼他，最能说明他和大家的亲切关系。有一次一个新战士看到刘志丹也叫"老刘"，领导批评他没礼貌。刘志丹说："我爱听人叫我老刘。"有一次刘志丹老家来了一个人，一见面就叫刘志丹的小名——"来生"，刘志丹一听高兴地说："几十年没听人叫我这个名字，好亲切。"刘志丹有一个家里比他长一辈的亲戚来参加红军，他比刘志丹还小几岁。刘志丹一见就说："三叔你来参加红军，也给咱刘家增光了。"别人说："你是这样叫他，叫我们咋办？"刘志丹说："他一参军，就按战士对待。"

每到一地，刘志丹就立即深入群众，了解群众的疾苦，深受群众爱戴。就连国民党地方"剿共"当局也不得不承认他非同一般，"有理论、军事、经济头脑，更有煽动之技巧。第一次听了他的演说就深信不疑。颇有人缘，老幼称颂"。毛泽东在一次干部大会上语重心长地说："一个人死了开追悼会，群众的反映怎样，这就是衡量的一个标准。刘志丹同志牺牲后，陕北的老百姓伤心得很，这说明他是真正的群众领袖。"这是对刘志丹光辉一生的最好褒奖。

刘志丹指挥作战有方，爱护战士情同手足。行军中他的战马经常让给伤病员骑,有时还亲自抬担架,完全和普通战士一样,身穿千补的粗布衣,脚蹬自己编织的麻草鞋。

1934年春,敌人抄了刘志丹的家,刘志丹的父母和妻女都跑到深山躲了起来。习仲勋知道后,马上派人寻找,把他们接到了根据地。刘志丹从前线回来,

刘志丹殉难处

拓展阅读

刘志丹烈士陵园

位于（陕北）延安志丹县城北的炮楼山和瓦窑山之间的山坡上。依山傍水，环境优美。1940年，陕甘宁边区政府和当地政府，为了永远纪念这位陕北红军和陕北根据地的创始人之一，在他家乡修筑了这座陵园。1947年，陵园遭到蒋（介石）胡（宗南）顽固派军队的破坏。陕北解放后，中央人民政府在1952年5月拨款重修。以后，当地政府又进行过多次修建，使陵园显得更加庄严壮观。现为全国重点烈士纪念建筑物保护单位。

看到他自己的家属接来了，就说："咱们红军现在不能带家属，我怎么能带这个头。"习仲勋说："他们在白区待不住，不能一般而论。"刘志丹马上叫妻子到被服厂当工人，把父亲送到了亲戚家中，不给公家增加负担。

他牺牲后，战友们清点他的遗物，除了衣袋里几份党内文件和6支香烟外，其他一无所有。

大事年表

1903年10月4日，生于陕西省保安县（今志丹县）金汤镇，名景桂，字子丹。

1922年，考入榆林中学，与魏野畴、李子洲等共产党员教师交往甚密，深受民主、进步思想熏陶和影响。

1923年，当选为榆林中学学生自治会会长，积极组织学生开展各项进步活动。同军阀井岳秀等封建势力作斗争。

1924年，加入中国社会主义青年团，不久接任书记。

1925年，转为中共党员。

1925年秋，被党组织派往广州黄埔军官学校学习。

1926年初，入军校四期步兵科第1团2连学习，不日转入炮兵科。北伐战争开始后，刘志丹参加了北伐誓师大会。

1926年10月，于黄埔军校毕业，被派往冯玉祥国民军联军工作，任第四路军政治处长。在马鸿逵部建立了政治机关，进行新式训练，使这支部队成为攻打军阀刘镇华，解围西安，东出潼关，配合北伐的一支

劲旅。

1927年，大革命失败后，他与刘伯坚、邓小平等共产党员被"礼送出境"。后在中共陕西省委从事秘密交通工作。

1928年1月，陕西省委派刘志丹与唐澍、谢子长到达洛南县，参与以中共党员许权中为旅长的陕军新编第3旅的起义组织工作，任参谋主任。不久，率一批干部到豫陕边界地区开展农民运动，培训赤卫队骨干。

1928年4月，参与领导了以新3旅为骨干力量的渭华起义，任西北工农革命军军事委员会主席。

1928年5月，震惊西北的渭华起义爆发，刘志丹任西北工农革命军军事委员会主席。渭华起义失败后回到陕北，任中共陕北特委军委书记，主持特委工作。在召开的中共陕北特委红石峡会议上，他提出了著名的通过白色、灰色、红色三种形式开展武装斗争的策略。

1929年7月，刘志丹出任省委候补常委。后到陕甘边界从事兵运工作，领导创建了南梁游击队。

1930年前后，刘志丹、谢子长在陕甘边界一带开展革命活动。

1931年10月，和谢子长等将南梁游击队与陕北游击支队合编为西北反帝同盟军（不久改编为中国工农红军陕甘游击队），先后任副总指挥、总指挥，总结过去失败的教训，学习井冈山斗争的经验，开辟以照金、南梁为中心的陕甘边苏区。

1932年1月，刘志丹任西北反帝同盟军副总指挥兼第二大队队长。

1932年2月，西北反帝同盟军改编为中国工农红军陕甘游击队，先后任总指挥、三支队队长。

1932年年底，红26军2团成立，任政治处长、参谋长，领导创建了以照金为中心的陕甘边革命根据地。在"左"的错误领导下，红2团南下失败，刘志丹等辗转回到照金，出任陕甘边红军临时总指挥部参谋长。

1932年11月末，任红26军42师参谋长、师长。

1934年5月，任陕甘边革命军事委员会主席。在刘志丹的正确指挥下，红42师与红军游击队密切配合，打垮了国民党陕甘当局对以南梁为中心的陕甘边根据地"围剿"，在陕甘边界十多个县的广大农村建立了苏维埃政权。

1935年2月，西北工委、西北军委建立，刘志丹先后出任西北工委委员、西北革命军事委员会主席、前敌总指挥，统一指挥红26军、27军。在领导第二次反"围剿"斗争中,率领红军先后解放了安定、延长、延川、安塞、靖边、保安六座县城,使红色根据地扩大到东临黄河,南到淳化、耀县,西接庆阳,北抵长城的广大区域,使陕甘、陕北两块根据地完全连成一片。主力红军发展到五千多人,游击队扩大到四千余人。

1935年9月,红25军长征到达陕北,与西北红军组成红15军团,刘志丹任副军团长兼参谋长,参与指挥了劳山战役。

1935年10月初,西北根据地发生严重错误的肃反,刘志丹等被捕入狱。中共中央及中央红军长征到陕北后在毛泽东同志的亲自过问下获释,先后任西北革命军事委员会后方办事处副主任和中共中央所在地瓦窑堡警备司令、红军北路军总指挥、红28军军长、西北军委委员等职。

1936年3月,率红28军参加东征战役,由罗峪口附近东渡黄河,挺进晋西北,连克敌军。

1936年4月14日,在攻打山西中阳县三交镇时牺牲,年仅33岁。

1936年4月24日,中共中央在瓦窑堡举行追悼大会,沉痛哀悼刘志丹将军。毛泽东题词:"群众领袖,民族英雄"。

1936年6月，中共中央决定将保安县改为志丹县。

1943年5月，中共中央在延安举行刘志丹将军移陵公祭典礼，朱德、任弼时致辞。毛泽东、周恩来、朱德、张闻天等党、政、军领导为其题词，表达了党中央和人民群众对刘志丹将军光辉一生的崇高敬意和高度评价。

1996年，刘志丹被中共中央军事委员会确定为中国人民解放军36位军事家之一。

2003年9月28日下午，经中共中央批准，解放军总政治部、中央党史研究室在北京人民大会堂举行纪念刘志丹同志诞辰100周年座谈会，曹刚川出席并发表讲话。

中华魂·百部爱国故事丛书
提　要

《誓与禁烟相始终——民族英雄林则徐》

　　林则徐严禁鸦片，坚决抵抗西方列强的侵略，坚持维护国家主权和民族利益。他是中国近代历史上第一位睁眼看世界的人，是抗击帝国主义殖民侵略的第一人，是中华民族抵御外侮过程中伟大的民族英雄。

《血洒虎门御敌寇——抗英将军关天培》

　　民族英雄关天培，在第一次鸦片战争中为了抗击英国侵略者的入侵而血洒虎门，为国捐躯，谱写了一曲可歌可泣的英雄赞歌。关天培用他的生命，书写了中国人民反抗外侮的历史。

《威震镇海靖节魂——抗敌英雄裕谦》

　　在第一次鸦片战争期间的众多牺牲者中，有一位官阶最高，他就是两江总督裕谦。裕谦与外国侵略者斗争立场坚定，与国内妥协派、投降派斗争态度坚决。裕谦督战镇海，与英国侵略军浴血奋战，临危不惧，以身报国，浩气长存。

《斩邪留正解民悬——太平天国领袖洪秀全》

　　农民出身的洪秀全，从失意文人到起义领袖，经历了长期的思想演变过程，在外敌入侵、清朝政府腐朽的历史环境之下，顺应时代的潮流，成长为一位非凡的历史英雄人物，建立了与清朝政府相抗衡的农民政权——太平天国。

《仰承汉唐　荟萃中外——近代数学家李善兰》

李善兰是我国19世纪重要的科学家之一，在数学、天文学、力学等方面都有重大建树。他继承了我国古代数学的成就，又以极大的热情传播西方科学文化，"仰承汉唐，荟萃中外"，把自己的一生献给了科学事业。

《严谨治学　勇于探索——近代著名数学家华蘅芳》

华蘅芳，中国近代数学家之一。其精通中国古算学，并熟练掌握西方近代数学，是中国验证抛物线并著书立说的参与者。为了证明"外国有的，中国也能造"而鞠躬尽瘁，在引进西方科学技术、传播科学知识上贡献卓著。

《折冲樽俎护山河——近代著名外交家曾纪泽》

曾纪泽是中国近代史上著名的爱国外交家，在中俄伊犁交涉事件中，他秉承抵抗列强、保卫国家的坚定意志，利用外交手段全力同沙俄抗争，捍卫了国家主权、民族尊严，收回了祖国的领土，在近代中国外交史上留下了光辉的一页。

《甲午海战留英名——民族英雄邓世昌》

邓世昌，北洋水师名将。本书以邓世昌的成长过程为线索，以代表性的历史故事为主要内容，还原真实的历史事件，突出鲜明的人物性格。邓世昌因在中日甲午海战中突出的英雄气概而名垂史册，书写了伟大的爱国主义篇章。

《誓与舰队共存亡——北洋水师提督丁汝昌》

丁汝昌处在清朝政府的腐朽和李鸿章的专断下，难以施展爱国的抱负，壮志未酬，愤恨而终。但丁汝昌为建立近代海军作出的巨大贡献，带领北洋舰队爱国官兵勇抗强敌的英雄事迹，将永远为后代所传颂。

《镇南关上凯歌扬——抗法老英雄冯子材》

1885年中法战争中，年逾古稀的冯子材为抵御外国侵略，勇赴国

难，大败法军于镇南关，并乘胜追击，接连收复文渊、谅山等地，从根本上扭转了中法战争的局面，成为近代民族英雄的杰出代表。

《屡败法军逞英豪——黑旗军将领刘永福》

刘永福是黑旗军的创建者，是农民出身的杰出军事家、政治活动家。在19世纪发生的援越抗法、中法战争中，他率部与帝国主义侵略者进行了殊死的战斗，建立了卓越的功勋，成为我国近代史上著名的民族英雄，为后世所景仰。

《矢志变法强国家——戊戌变法领袖康有为》

康有为是清末民初最有影响力的思想家之一。他领导了中国知识界的启蒙运动，掀起了一场自上而下的政体改革。他最早在中国提出了立宪政体和具体的宪政方案，主张在坚持儒家传统和帝制的前提下，学习西方经验，他的进步思想对近代中国具有深远的影响。

《开民智以报国　普新知而图强——戊戌变法思想家梁启超》

梁启超，中国近代史上著名的政治活动家、启蒙思想家、史学家、文学家，戊戌变法领袖之一。本书以百日维新思想家梁启超的成长过程为线索，以代表性的历史故事为主要内容，还原真实的历史事件，突出鲜明的人物性格。

《我自横刀向天笑——维新志士谭嗣同》

谭嗣同在民族危机的严重时刻，投身改革救中国的洪流。为了带给祖国一个光明的未来，紧要关头，他挺身而出，用自己的鲜血激励后人，把宝贵的生命献给了变法事业。

《睡乡敢遣警世钟——用生命警策国人的陈天华》

陈天华是民主革命的活动家和宣传家。他写的《猛回头》《警世钟》等书，起到了革命启蒙的重大作用。为了激发留日学生的爱国情怀，他不惜投海自杀，演出了近代史上感人至深的一幕，给后人留下了难忘的印象。

《革命军中马前卒——民主斗士邹容》

革命乃"至尊极高，独一无二，伟大绝伦之一目的"；它是"天演之公例,世界之公理,顺乎天而应乎人"的伟大行动。因此,必须"仗义群兴革命军"。他激情高呼:"革命独子万岁!中华共和国万岁!"这就是《革命军》的作者,中国近代著名资产阶级革命宣传家邹容。

《休言女子非英物———鉴湖女侠秋瑾》

为民族解放和妇女解放而英勇斗争的秋瑾,冲破封建礼教的思想牢笼,打碎封建精神枷锁,崇仰真理,追求光明,主张共和,坚持男女平等,最终献出了自己年轻的生命。

《血溅校场 杀身成仁———民主斗士徐锡麟》

本书讲述了反清志士徐锡麟弃文从武、投身反清革命事业,最终被清政府杀害的故事。出于对国家的热爱,徐锡麟献出自己的生命,他的事迹将永远激励后人深切缅怀这位民主革命的先驱。

《生可死耳 我志长存———献身民主的禹之谟》

禹之谟,民主革命党人,同盟会会员,近代资产阶级革命家、实业家。1886年,20岁的禹之谟"提三尺剑,挟一卷书"游历四方,研究西方社会政治学说,忧国忧民之心日趋强烈。戊戌变法失败,他丢掉改良幻想,倡革命救亡之说,走上民主革命道路。

《物竞天择 适者生存———资产阶级启蒙思想家严复》

严复是中国近代著名的启蒙思想家、翻译家和教育家。他长期从事教育和翻译事业,为近代中国人才培养和思想启蒙做出了重要贡献,同时他也为中国的翻译事业和中西思想文化交流做出了重要贡献。

《辛亥革命急先锋———资产阶级革命家黄兴》

黄兴,清末民初资产阶级革命家,中华民国开国元勋。黄兴在武昌首义及辛亥革命时期的爱国表现,与孙中山闻名于当时,常被时人以"孙黄"并称。本书以资产阶级革命活动实干家黄兴的成长过程为线索,歌颂了先辈伟大的爱国主义精神。

《矢志革命 百折不回———近代民主革命家廖仲恺》

廖仲恺追随孙中山踏上了创立民国与捍卫共和制的旧民主主义革命

之路；在新民主主义革命时期，他为建立、巩固首次国共合作和实施三大政策，英勇奋斗，为国殉职，洒尽了一腔热血。

《将军拔剑南天起——护国英雄蔡锷》

蔡锷是中国近代史上的杰出军事家、爱国者。他的一生短暂而伟大。辛亥革命爆发，他毅然投身于革命洪流之中，领导云南重九起义，对武昌起义积极响应。袁世凯窃国复辟、恢复帝制的阴谋暴露出来以后，他又毅然举起了武装讨袁的旗帜。

《反帝反封建运动——五四青年的爱国故事》

五四运动是一次伟大的反帝反封建的爱国运动；是一个伟大的历史转折点；是中国人民的斗争从挫折走向胜利的一个关节点，它为中国的前进开辟了一条全新的道路，拉开了中国新民主主义革命的序幕。

《思想自由　兼容并包——著名教育家蔡元培》

蔡元培是中国近现代著名的民主革命家和教育家，一生经历风雨，却始终信守爱国和民主的政治理念，致力于废除封建主义的教育制度，奠定了我国新式教育制度的基础，为我国教育、文化、科学事业的发展做出了富有开创性的贡献。

《为国家争光　为民族争气——中国铁路之父詹天佑》

詹天佑是我国最早的杰出铁道工程师，因主持建造京张铁路而闻名中外，被誉为"中国铁路之父"。他为祖国的铁路事业贡献了毕生的精力。本书向读者展示了詹天佑热爱祖国、科技兴国的辉煌人生。

《实业救国　衣被天下——轻工之父张謇》

张謇是爱国实业家、教育家。他年轻时中过状元。过了40岁，开始投身工商实业活动中，他的名言是"富民强国之本在于工"。在南通，创办大生丝厂、银行等各种实业。并将创办实业的大部分所得投入教育。他的观点是，教育和实业一样，也是"富强之大本"。

《心向革命　追求光明——平民将军冯玉祥》

冯玉祥将军"是一位从旧军人转变而成的坚定的民主主义战士"。

抗日战争期间，他辗转各地，用实际行动积极抗战。日本战败投降后，他为了断绝美国的援蒋内战，又在美国四处演说，揭露蒋介石统治之黑暗，痛斥美国阴谋分裂中国的不良行为。

《刑场上的婚礼——革命烈士周文雍　陈铁军》

周文雍是广州起义的主要领导人之一。陈铁军出身于华侨商人家庭，却毅然投身革命洪流。1928年1月，两人接受派遣，回到广州假扮夫妻从事革命斗争，却不幸被捕。临刑前，两位烈士将敌人的枪声当作自己婚礼的礼炮，用生命和爱情谱写出一曲千古绝唱。

《星星之火　可以燎原——井冈山斗争的故事》

1927—1929年，毛泽东、朱德等老一辈革命家，在井冈山创建了农村革命根据地，进行了艰苦卓绝的斗争，建立了新型革命武装，点燃了工农武装革命之火，找到了农村包围城市最后夺取政权的中国革命的正确道路。

《新民学会的主要发起人——中国共产党早期革命家蔡和森》

蔡和森青年时期曾与毛泽东等人一起组织进步团体新民学会，参加五四运动，并在赴法国勤工俭学时研读大量马克思主义著作，回国后以满腔热忱投身革命事业，成为中国共产党早期重要的理论家和宣传家。

《威震黄浦江畔　高奏抗日壮歌——一·二八淞沪抗战》

面对日本侵略者的挑衅，十九路军在蒋光鼐、蔡廷锴的带领下，高举义旗，奋力一搏。一·二八淞沪抗战，是中国军人捍卫军人荣誉和祖国尊严所发出的吼声，谱写了一曲抗击日军侵略的英雄壮歌。

《将军恨不抗日死——慷慨就义的吉鸿昌》

在国难深重的20世纪30年代，吉鸿昌将军因拒绝执行国民党指示，坚决不打内战，被迫携眷出国"考察"。回国后，他加入中国共产党，组织了民众抗日同盟军，英勇打击日本侵略者，后于1934年11月被国民党反动派杀害。

《献身革命　甘于清贫——梅岭忠魂方志敏》

　　大革命失败后，方志敏凭着"两条半步枪"起家，身经百战，创建了赣东北革命根据地和红十军。本书真实记录了方志敏投身于革命、领导红军和敌人进行艰苦卓绝斗争的经历，歌颂了烈士贫贱不移、威武不屈、献身革命的高尚品质。

《奏响中华最强音——人民音乐家聂耳》

　　聂耳在他有限的生命中创作了数十首革命歌曲，在抗日救亡运动中，聂耳的这些歌曲产生了广泛深远的影响。他的音乐创作为中国无产阶级革命音乐的发展指明了方向，树立了榜样。

《横眉冷对千夫指——中国文化革命主将鲁迅》

　　鲁迅不但是伟大的文学家，而且是伟大的思想家和伟大的革命家。在那风雨如晦的黑暗年代里，他以笔为投枪，同一切帝国主义和反动派进行了顽强的战斗，为中国人民树立了一个不朽的丰碑。他是新文化战线上的一面光辉旗帜，是我们伟大民族的灵魂。

《铁流两万五千里——红军长征的故事》

　　红军长征是人类历史上的一次伟大的壮举。第五次反"围剿"失败后，中国工农红军的三大主力在极端艰难的条件下，突破国民党军队的围追堵截，进行了史无前例的战略大转移，总行程达两万五千里以上。途中发生了许多动人故事，至今令人难以忘怀。

《荣辱不移革命志——创建陕北红军的刘志丹》

　　刘志丹是杰出的无产阶级革命家、军事家，西北红军和西北革命根据地的主要创始人之一。他一生热爱人民，追求真理，英勇善战，百折不挠，艰苦奋斗，忠心赤胆，为创建红军和革命根据地、为中国人民的解放事业建立了不可磨灭的功勋。

《英名永存北平城——爱国将领佟麟阁　赵登禹》

　　1937年7月28日，日军向北平郊区发动进攻。第二十九军副军长佟麟阁奉命在南苑率部与日军苦战，腿部受伤，头部被敌机炸伤，壮烈殉国。第一三二师师长赵登禹指挥部队顽强抵抗日军,右臂中弹负伤,仍继续作战。后在转移途中遭日军截击而牺牲。

《八百壮士　四行仓库铸军魂——谢晋元和他的战友们》

八一三抗战,中国军人以血肉之躯揭开全面抗战的帷幕。这是一场血战,是中国军人不屈不挠的英雄诗篇,其中的八百壮士守四行,成为这首英雄颂歌中最动人、最凄美的音符。一曲四行保卫战,铸就了不屈的军魂。

《八女投江　气贯长虹——八位抗联女战士》

抗日战争时期,以冷云为首的东北抗日联军8名女战士,为捍卫民族尊严,面对凶残的日寇,镇定自若,宁死不屈,投江殉国,表现了中华民族同敌人血战到底的英雄气概。她们的光辉形象,激励着千千万万的后来人。

《艰苦抗战　威震敌胆——著名抗日英雄杨靖宇》

杨靖宇将军是我国著名的抗日民族英雄。曾先后担任磐石游击队政治委员、东北抗日联军第一军军长兼政委、抗联军总司令等职。领导军民对日寇坚持了长达9个年头的艰苦卓绝的斗争,最终以身殉国。

《死也不当亡国奴——镜泊抗日英雄陈翰章》

陈翰章,从1932年8月投笔从戎,直到1940年12月8日为抗击日本侵略者,战死在镜泊湖畔。他在抗日疆场上奋战了九年,他那可歌可泣的英雄事迹将为人们永世传颂。

《名将殉国　气壮山河——抗日将军张自忠》

著名抗日将领、民族英雄张自忠,生于忧患的时代,抱有"宁为百夫长,胜作一书生"的志向,经历过失败与低谷,最终成就了慷慨人生。本书主要以人物活动为主,勾画出一个真正的"民族魂"鲜活的人生,会带给读者振奋的力量。

《宁死不辱战士名——狼牙山五壮士》

1941年日寇在河北易县"扫荡"。为掩护群众和主力部队撤退,五位八路军战士毅然把敌人引上了狼牙山棋盘坨峰顶绝路。弹尽粮绝、无路可退，五位英雄纵身跳下了万丈悬崖，用生命和鲜血谱写出一曲惊天地泣鬼神的壮举。

《太行浩气传千古——抗日名将左权》

左权，中国工农红军和八路军高级指挥员，著名军事家。是八路军在抗日战场上牺牲的最高指挥员。名将阵亡，太行山为之垂首，全党为之悲痛。周恩来称他"足以为党之模范"，朱德赞誉他是"中国军事界不可多得的人才"。

《虎将兴关外 抗倭统雄师——抗联英雄赵尚志》

本书描写了久经考验的共产党员、东北抗联的创建者和主要领导人赵尚志，在艰苦卓绝的条件下，坚持抗战，威震敌胆，战功卓著，忍辱负重，忠贞不屈，为国捐躯的英雄故事，为青少年读者呈上一部爱国主义的佳作。

《黄埔之英 民族之雄——抗日名将戴安澜》

抗日名将戴安澜，先后参加保定、漕河、台儿庄、武汉、昆仑关等战役，作战英勇，屡建奇功；入缅作战，"扬威国外，藉伸正义"；守东瓜，复棠吉；殒身缅北，遗恨丛林，马革裹尸，成就了光辉的一生。

《爱国志士 民主先锋——新闻出版家邹韬奋》

本书讲述了邹韬奋献身新闻出版事业的奋斗历程，展现了一位新闻工作者坚定的革命信念和炽热的爱国主义精神，全心全意为人民服务、为读者服务的奉献精神，歌颂了他的高尚情操和优良品质。

《为抗战发出怒吼——人民音乐家冼星海》

人民音乐家冼星海，青年时期在巴黎求学，饱尝屈辱与磨难；学成后毅然回到多灾多难的祖国，用满腔热忱谱写激昂的音乐，鼓舞中华儿女的斗志；奔赴延安，谱写出不朽的名作《黄河大合唱》，发出中华民族抗日救亡的怒吼。

《全民皆兵　抗击日寇——抗日战争的故事》

中国人民进行的十四年抗战，是一百多年来中国人民反对外敌入侵第一次取得完全胜利的民族解放战争。这场战争是以国共两党合作为基础，有社会各界、各族人民、各民主党派、抗日团体、社会各阶层爱国人士和海外侨胞广泛参加的全民族抗战。

《捧着一颗心来　不带半根草去——人民教育家陶行知》

陶行知是我国现代教育史上伟大的人民教育家、教育思想家。他从青年起就立志献身教育事业，以"捧着一颗心来，不带半根草去"的赤子之心，为人民的教育事业鞠躬尽瘁。

《为民主与和平拍案而起——民主斗士闻一多》

闻一多早年与梁实秋等人发起成立清华文学社。赴美留学期间由对祖国的深深眷恋而创作著名的《七子之歌》。后在西南联大任教8年，积极投身于抗日运动和争取民主的斗争，发表了著名的《最后一次讲演》。

《铁窗难锁钢铁心——革命先烈王若飞》

王若飞是我党早期杰出的无产阶级革命家。在艰苦卓绝的斗争中，他出生入死，屡建奇功，以超人的睿智和胆略，在敌人的监狱中，同敌人展开了殊死的较量，为抗战的胜利和新中国的诞生做出了卓越的贡献。

《横扫千军　还我河山——抗联名将李兆麟》

李兆麟是东北抗日联军创建人之一，他率领抗日联军历尽千难万险与日本侵略者浴血奋战，在极其艰苦的条件下，保存了抗日联军的有生力量，为东北光复做出了重大贡献。

《锄头开出新天地——解放区大生产运动》

为了解决困难，渡过难关，党中央号召党政军民齐动手，开展大生产运动。中国共产党在其控制区域内发动的一场军队屯田和鼓励生产的群众运动，达到了自己动手丰衣足食，共度难关，既进行革命又进行生产自足的目的。

《生的伟大 死的光荣——女英雄刘胡兰》

刘胡兰,坚贞不屈的少年女英雄。生前对我国劳动人民的解放事业无限忠诚,在敌人威胁面前,大义凛然,毫无惧色,英勇牺牲,表现了共产党员的高贵品质。

《饿死不领美国救济粮——爱国知识分子的楷模朱自清》

朱自清作为爱国知识分子的典型,以锐利的笔锋直言痛斥反动政府的暴行,体现了他崇高的爱国情怀和不畏恶势力的精神品格。毛泽东曾给朱自清先生以高度评价:"一身重病,宁可饿死,不领美国的'救济粮'","表现了我们民族的英雄气概"。

《为了新中国前进——舍身炸碉堡的董存瑞》

伟大的英雄,中国人民的儿子董存瑞,从儿童团长成长为一名光荣的解放军战士,在1948年解放隆化县城时,舍身炸碉堡,为新中国献出了自己年轻的生命。他的英雄形象永远留在人民心里。

《宁死不屈的共产党员——革命烈士江竹筠》

江竹筠,就是著名的江姐。1947年春,她负责《挺进报》工作,只几个月的时间,报纸就发行到1600多份,引起了敌人的极大恐慌。由于叛徒出卖,江姐不幸被捕,惨遭毒刑的残酷折磨,仍坚贞不屈。最后被特务秘密枪杀,年仅29岁。

《抗美援朝 保家卫国——志愿军的战斗故事》

抗美援朝战争是中国人民志愿军为援助朝鲜人民、保卫祖国安全,与美国为首的"联合国军"发生的战争。在朝鲜牺牲的志愿军烈士们,他们英勇的战斗事迹、保家卫国的精神值得我们发扬光大。

《上甘岭上壮烈歌——黄继光和他的战友们》

在1952年10月的上甘岭战役中,黄继光和他的战友们在零号阵地半山腰被敌机枪火力点压制,此时,黄继光身上已经多处负伤,手雷也已全部用光。为了完成任务,减少战友的伤亡,他用自己的胸膛堵住正在扫射的敌机枪射孔,为反击部队扫清了前进的道路。

《诗书印画　全入神品——国画大师齐白石》

　　齐白石出身贫寒，做过农活，当过木匠，后改学雕花木工，从民间画工入手，摹古人真迹，学诗文书法，融汇古今，而诗、书、印、画俱佳；他将中国画的精神与时代的精神统一得完美无瑕，使中国画得到国际的重视，无愧于"国画大师"的称号。

《毕生为文化而奋斗——中国第一出版家张元济》

　　张元济参与、主持和督导商务印书馆近六十年，使其从简单的印刷企业转变为当时中国教育出版的旗帜。张元济一生爱书，在中华大地动荡不安的年代里，他用自己对文化的热爱，续存着中华民族灿烂悠久的文明之光。

《独树一帜　梨园大师——著名京剧表演艺术家梅兰芳》

　　梅兰芳，京剧大师，演唱风格独树一帜，世称"梅派"。曾先后赴日本、美国、苏联演出，并荣获美国波摩那学院和南加州大学的荣誉文学博士学位。作为一位爱国者，抗战期间蓄须明志，拒绝为日本人演出，为后世称颂。

《华侨旗帜　民族光辉——爱国侨领陈嘉庚》

　　陈嘉庚是著名的爱国华侨领袖、企业家、教育家、慈善家、社会活动家。他为辛亥革命、民族教育、抗日战争、解放战争、新中国的建设做出了卓越的贡献。生前被毛泽东誉为"华侨旗帜、民族光辉"。

《向雷锋同志学习——伟大的共产主义战士雷锋》

　　雷锋，一个平凡而伟大的共产主义战士，一心向着党，一生秉承着全心全意为人民服务、无私奉献的崇高思想；发扬刻苦学习和钻研理论的"钉子"精神；坚持勤俭节约、艰苦奋斗的优良作风。毛泽东为其题词："向雷锋同志学习。"

《人民的好公仆——县委书记的好榜样焦裕禄》

　　焦裕禄，被誉为县委书记的好榜样。他用自己的革命精神，展开了与大自然、与社会落后现象、与病魔的多重抗争，让我们领略到一个共产党人的生之伟大、死之壮美的人格品质和具有现实教育意义的精神魅力。

《文学巨匠　京味大师——人民作家老舍》

老舍是我国现代小说家、文学家、戏剧家。他用融入骨髓的真诚文字反映生活的喜怒哀乐。老舍的一生，总是在忘我地工作，他是文艺界当之无愧的"劳动模范"，生前被北京市人民政府授予"人民艺术家"的称号。

《革命老人——无产阶级教育家徐特立》

徐特立是一代伟人毛泽东的老师。他出生在贫苦家庭，大部分时间生活在动荡艰苦的年代；他刻苦勤奋，不畏艰辛，追求光明，一生勤俭，为革命培养了大量的人才；他对党和人民任劳任怨，鞠躬尽瘁。他坎坷奋斗的一生，留下了许多可歌可泣的故事。

《人生能有几回搏——新中国第一个世界冠军容国团》

容国团先后担任中国乒乓球队运动员、女队主教练。获得1959年男子单打世界冠军；1961年夺得男子团体世界冠军；作为中国女队主教练，1965年率女队第一次夺得女子团体世界冠军。他的"人生能有几回搏"的豪言，举国传诵。

《石油工人一声吼　地球也要抖三抖——铁人王进喜》

王进喜，新中国第一批石油钻探工人。他为祖国石油工业的发展和社会主义建设立下了不朽的功勋，在创造了巨大物质财富的同时，还给我们留下了宝贵的精神财富——铁人精神。他被评为"百年中国十大人物"，写入中华民族的光辉史册。

《做人民需要我做的事——著名地质学家李四光》

李四光是一位伟大的科学家，他一生从事地质学研究工作，足迹遍布祖国的山川，为祖国探明了许多地下宝藏；他创建了崭新的学说——地质力学；他历尽重重困难，为正确认识地质构造开辟了一条新路。

《中国化学工业的先驱——著名化学家侯德榜》

  为摆脱纯碱需要进口的窘况，20世纪初，怀着"实业救国"梦想的中国化工先驱侯德榜等人创办了永利碱厂，并立志生产出中国人自己的碱。1926年，永利碱厂终于成功地生产出"红三角"牌纯碱，从此中国制碱业得以跨入世界先进行列。

《毕生求是　一丝不苟——著名科学家竺可桢》

  著名科学家竺可桢献身科学研究；治学严谨，一丝不苟；一生廉洁，两袖清风；作风民主，爱护学生。他以爱国之心、报国之志，从一个民主主义者逐渐成长为一个共产主义战士。

《热爱自然的大地之子——著名植物学家蔡希陶》

  蔡希陶，五十载风雨，五十载坎坷，五十载奋斗，五十载开拓，为了发现对人类生产、生活有用的植物及新物种的引进而做出巨大贡献，在中国的植物资源学史上将永远镌刻着他的名字。

《高洁无私的襟怀——知识分子的楷模蒋筑英》

  蒋筑英是中国当代知识分子的先锋典范，他不为名，不为利，尊重科学；他以坚忍的毅力和顽强的作风，在科学的道路上呕心沥血，鞠躬尽瘁，无私地奉献了青春和生命。

《迎接新生命的天使——卓越的妇产科专家林巧稚》

  林巧稚是国内外享有盛誉的妇产科专家。在五十多年的医学教育和临床实践中，林巧稚亲自接生了五万多婴儿，治愈了数千病人，培养了数以百计的专门人才，为我国的妇女儿童事业做出了不可磨灭的贡献。

《独自成千古　悠然寄一丘——国画大师张大千》

  张大千是20世纪中国画坛最具传奇色彩的国画大师，无论是绘画、书法、篆刻、诗词无所不通。在艺术界深得敬仰和追捧，艺术家们用真挚的感情，用绘画和雕塑展现了"张大千"多彩的艺术形象。

《建造中国的通天塔——著名数学家华罗庚》

中国当代著名数学家华罗庚,为中国数学的发展做出了无与伦比的贡献,他是中国解析数论、典型群、矩阵几何等多方面研究的创始人与开拓者,也是我国最早将数学理论研究与生产实践紧密结合的科学家。

《问鼎长天　强我国威——两弹元勋邓稼先》

邓稼先是我国著名科学家,参加组织和领导我国核武器的研究、设计工作,从对原子弹、氢弹原理的突破和试验成功及其武器化,到新的核武器的重大原理突破和研制试验,作出了重大贡献。是我国核武器理论研究工作的奠基者之一,被誉为"两弹元勋"。

《敢叫天堑变通途——桥梁专家茅以升》

中国著名的桥梁专家茅以升从小立志为祖国建造桥梁,经过不懈努力,他不仅设计建造了一座座宏伟壮观、坚固实用的道路桥梁,而且搭建了一座座友谊之桥,为祖国建设作出了卓越贡献。

《蘑菇云之梦——核物理学家钱三强》

被誉为"中国原子弹之父"的核物理学家钱三强,更名后立志于科技报国;24岁投师于世界著名核物理学家居里夫妇;与夫人何泽慧合作,发现铀的"三分裂""四分裂"现象;统领我国的原子大军,做了大量创造性工作。

《两离桑梓地　满怀雪域情——领导干部的楷模孔繁森》

孔繁森,是一位一尘不染、两袖清风的好干部。两次进藏工作,历时十载,为西藏的建设、发展和稳定作出了突出的贡献。1994年11月,孔繁森不幸以身殉职。人民群众称他为新时期领导干部的楷模。

《摘取数学皇冠上的明珠——著名数学家陈景润》

陈景润是享誉世界的数学家,为了证明"哥德巴赫猜想",他以惊人的毅力在数学领域里艰苦跋涉,终于攻克了世界著名数学难题"哥德巴赫猜想"中的"1+2",创造了中国乃至世界数学史上的辉煌。

《学术独步　饮誉四海——享有国际威望的科学家卢嘉锡》

卢嘉锡是一位在国际科学界享有崇高威望的物理化学家、化学教育家和科技组织领导者。1945年，卢嘉锡满怀"科学救国"的热忱回到祖国，对中国原子簇化学的发展起了重要推动作用，他所指导的新技术晶体材料科学研究，也取得了重大成绩。

《德艺双馨　梨园楷模——著名豫剧表演艺术家常香玉》

常香玉1941年赴陕甘演出。1948年在西安创办香玉剧社。1951年为支援抗美援朝，率剧社巡回西北、中南、华南各地演出，以演出收入捐献"香玉剧社号"战斗机一架，素有"爱国艺人"之誉。

《文学大师　激流勇进——著名作家巴金》

本书以巴金生平和主要事迹为线索，回顾和展示现代著名作家巴金的一生，以期让人们看到巴金在这风云变幻的100多年中，有过成功的欢欣，有过屈辱的磨难，有过痛苦的忏悔，有过平静的安宁。巴金的人生，映照着一代中国五四知识分子坎坷而不平凡的命运。

《壮心系科学　孜孜为国昌——理论化学家唐敖庆》

本书讲述了唐敖庆从出国求学、学业有成、回国任教，到服从安排、艰苦工作、刻苦钻研，最终成为中国量子化学奠基者的过程。让人们看到了这位著名化学家的赤心爱国、严谨治学、大公无私的崇高品格和科研上的卓越成就。

《中国导弹之父——著名科学家钱学森》

当第一颗原子弹升空的时候，当中国的人造卫星奏响《东方红》的时候，当中国运载火箭腾空而起的时候，当中国研制的导弹准确命中目标的时候，人们都会想起他的名字：中国导弹之父钱学森。

《中国近代力学的奠基人——著名科学家钱伟长》

钱伟长曾以中文和历史两个100分的成绩考入清华大学。九一八事变后，钱伟长毅然放弃了文科的学习而转为理科。他是中国近代力学、应用数学的奠基人之一，在固体力学、流体力学以及航空航天领域，取

得了卓越的成就，为新中国的现代化建设付出了毕生的精力。

《中国光学科学的奠基人——著名科学家王大珩》

王大珩是我国著名的科学家，中国光学科学的奠基人。他先在清华就读，后赴英国求学，学业有成，立志科学救国，其成就享誉神州。他以科学的求是精神和赤诚的爱国情怀，探索着中国光学发展的闪光之路。